안동에서 태어나 그곳에서 유년을 보냈다. 수몰민으로 대도시에 버려진 채 십 대와 청춘을 버겁게 앓았다. 그 시절의 트라우마가 글쓰기의 자양분이 되었다. 아픈 어제가 모여 꽃핀 오늘로 거듭나는, 치유로서의 글쓰기에 매혹을 느낀다.

2004년 영남일보 신춘문예에 단편 「폭설」이 당선되어 글을 쓰고 있다. 쓴 책으로 소설집 『라요하네의 우산』(문학의 문학, 2016)이 있다. 여전히 바닷가 소도시에서 좋은 사람들과 책 읽기의 즐거움과 글쓰기의 괴로움을 나누며 살아간다. 책장을 넘기는 횟수만큼 감사하고, 백스페이스나 딜리트 키를 누르는 횟수만큼 용서를 바라는 그러저러한 나날이다.

김살로메

미스 마플이 울던 새벽

미스 마플이 울던 새벽

김살로메

일천一千 글자 미니 에세이

아시아

미스 마플이 울던 새벽

거의 매일 일천 글자 쓰기를 했다. 직장인 일하듯 썼다. 다시 잠들지 못하는 새벽을 보내기엔 더할 나위 없는 작업이었다. 육백여 편에 이르렀을 때 쓰기를 중단했다. 소설 쓰기에 집중할 수 없다는 핑계가 있었고, 무엇보다 자기복제의 동어반복에서 오는 피로감이 두려웠다.

스무 살 시절, 쓰고 싶다는 욕망은 내게 숨기고픈 부끄러움이었다. 뭔가를 끼적이고 있다는 사실을 알게 된 친구가 말했다. 너는 미스 마플 같아. 그때까지 나는 탐정물을 읽지 않았으므로(지금도 별반 다르지 않지만) 애거서 크리스티를 잘 몰랐다. 그녀의 독창적 인물인 제인 마플에 대해서도 알 리가 없었다. 흔들의자에 앉아 뜨개질이나 하고, 망원경으로 새나 관찰하는 독신녀 제인 마플. 별일 하지 않는 척, 아무 것도 못 본 척 하는 그녀는 시골 마을 세인트 메리 미드에서 일어나는 여러 일들을 요란 없이 꿰차는 노파 탐정이었다.

　미스 마플이 될 수도, 그럴 마음도 없었던 나는 다만 이런 생각에 잠기곤 했다. 무심해 보이는 그녀도 멜랑콜리에 젖은 옷소매를 말리기 위해 바람 드는 새벽 창가를 찾는 일이 잦았을 거라고. 단단해 보이는 한낮의 미스 마플일수록 울지 않은 새벽은 드물었을 것이다. 해결하지 못할 숱한 과제 앞에서 눈물짓는 미스 마플이야말로 내 오랜 친구였다.

　다섯 장으로 나뉜 미니 에세이는 각각 사람, 생활, 책, 일상, 글과 관련된 것들이다. 딱히 주제별로 분류할 만큼 경계가 뚜렷한 것은 아니니 손길 가는 대로 편하게 펼쳐주셨으면 좋겠다. 내 안을 적시던 말들이 누군가의 손톱 끝에 닿아 순간의 꽃물이라도 들일 수 있다면.

2018년 봄날
김살로메

목차

작가의 말 – 미스 마플이 울던 새벽

1부

봄비 또는 안개

데이지의 노래

봄이 오면 가장 먼저 꽃집에 들른다. 겨우내 방치했던 화분에다 물오른 아젤리아며, 꽃대를 올리기 시작한 서양란을 심는다. 작은 플라스틱 분에다 일년생 데이지 모종을 옮겨 심는 것도 잊지 않는다. 흰색, 연붉은색, 홍자색 등 다양한 색깔의 데이지는 볼수록 깔끔하고 소박하다. 빈 화분을 채운다는 명분으로, 내가 봄이면 꽃집을 찾는 진짜 이유는 데이지꽃을 한껏 만날 수 있기 때문이다.

데이지는 언제부턴가 내 마음의 꽃이 되었다. 나는 꽃 본체와 이파리, 꽃대와 꽃받침 등이 마구 뒤섞인 꽃을 그리 좋아하지 않는다. 무성해진 이파리에 꽃잎이 묻혀 너저분한 이미지를 풍기는 꽃은 제아무리 예쁘고 향이 좋다 해도 눈길이 덜 간다. 그런 꽃들에 비해 데이지는 단순한 모양새를 한 꽃이다. 작고 앙증맞은 꽃은 본체와 이파리가 각각으로 선명하다. 꽃받침도 꽃 밑에 숨어 있고 꽃과 꽃대의 경계가 뚜렷하다. 한마디로 '들고 남'의 경계가 확실한 꽃이다. 잎은 잎이요, 꽃은 꽃인 채로 제 소박함을 드러내는 꽃이 데이지다.

좋아하는 꽃이다 보니 위대한 개츠비의 마음을 앗아간 못된 여주인공 이름이 데이지라는 것이 못내 아쉬울 정도이다. 꽃에 얽힌 전설 때문에 피츠 제럴드는 데이지를 여주인공 이름으로 차용했는지도 모른다. 가장 아름다운 숲의 님프인 유부녀 베리디스는 오매불망 그녀만을 원하던 과수원의 신과 남편 사이에서 방황했다. '차라리 꽃이나 되어 이 괴로움에서 벗어났으면.' 하고 바랐는데, 소원대로 호숫가에서 데이지꽃으로 피어났다. 으뜸 미녀가 환생한 꽃이니 데이지의 꽃말이 '미인'인 것은 당연하겠다. 또 다른 전설. 전쟁미망인인 여자가 유복자인 아들마저 병으로 잃게 되었다. 주변 소녀들이

'데이지의 노래'를 부르며 그 꽃으로 여인을 위로해줬단다.

　두 전설 모두 깔끔하면서도 소담스러운 데이지꽃의 이미지와 어울린다. 뚜렷한 경계를 지키면서도 소박한 품성을 유지하기란 얼마나 어려운가. 꽃 본연의 모습을 살리면서도 담백함을 잃지 않는 꽃. 봄이면 나는 데이지를 만나러 꽃집 나들이를 한다.

봄비 또는 안개

이런 날은 이성보단 감성이 제격이지. 아름드리 버즘나무 아래에서 그대들을 기다렸어. 타닥타닥 장작 타는 소리를 내며 나무 아래로 빗소리 쉼 없이 들렸지. 저 먼 산마루엔 꿈길에 홀린 듯 물안개 자욱했지. 이럴 때 누군들 센티멘털에 빠져들지 않겠어. 온몸으로 파고드는 감각의 춤사위를 자동차 와이퍼에 내다 걸고, 고립무원의 안개 언덕을 향해 점진하는 거야.

애인이 없으면 어때. 우요일雨曜日엔 우인友人이란 말이 있잖아. 단둘보다는 세탁기 속 가득 돌아가는 빨래처럼 출렁대며 가는 거지. 물에 젖은 흙신발에 발판이 마구 젖어도 괜찮

아. 봄비 오시는 날이니까. 저 산허리만 휘돌면 옥죄었던 고삐를 맘껏 풀어도 좋아. 안개나라에선 느슨해지고 무너질수록 환영 받기 쉽다고 했어.

그곳에선 가슴 속 숨겨둔 저마다의 가시 하나쯤 발설할수록 매혹적일지도 몰라. 눈물 깃든 추억을 팔아도 절벽 같은 현재를 펼쳐놔도 괜찮을 거야. 밀교 집단의 신자처럼 은밀한 시간을 공유한들 누가 뭐라고 하겠어. 원래 산다는 건 막막하고 불안한 거지. 비루한 삶을 위무하고 불안한 하루를 격려하기엔 안개의 땅이 제격일지도 몰라. 말할 수 없는 온갖 것들의 그림자를 털어내기엔 몽환적인 세계가 낫지 않겠어. 봄빛 더 짙어지기 전, 저 밀지密地 같은 안개 속 해방구를 향해 조금씩 나아가는 거지.

드디어 안개나라에 잠입했어. 조심스레 한 발자국 내딛을 때마다 산 높고 길 깊은 그곳의 안개는 제 겹을 자꾸만 늘여 가네. 무리 중 누군가 몽환적인 목소리로 속삭였지. 밝은 날의 담담한 우정보다 안개비 속의 축축한 인정이 더 감미롭다고. 다음번엔 안개비 대신 물마루를 만나러 가자네. 그곳엔 분수처럼 솟구치는 인공 물마루가 있고, 행운이 겹친다면 햇살 받은 쌍무지개까지 볼 수 있대. 그 무지개는 실체 없는 몽롱한 바람을 닮았다나. 저 산허리를 휘도는 안개비처럼.

사는 게 시시하고 막연할 때마다 아름드리 버즘나무 아래서 봄비 여행길을 채비하던 그대들이 떠오를 거야. 그땐 이성을 버리고 오늘처럼 오직 센티멘털의 전송법으로 편지를 쓰겠어. 봄비 또는 안개 나라 같은 그날이 떠오른다고. 그럼 됐지, 뭘 더 바라겠어.

배려도 지나치면

딸내미랑 집 근처 단골 미용실에 들렀다. 젊은 부부가 오순도순 꾸려 나가는 곳인데, 바깥분은 다른 직장이 있는데도 여사장님을 도와 '투잡'을 한다. 내가 염색을 하는 동안 딸내미는 신문을 뒤적이며 기다렸다.

한데 어느 순간부터 텔레비전에서 CNN방송이 나오기 시작했다. 알아들을 수 없을 정도로 빠른 영어 뉴스가 계속되고 있었다. 영업장에서 흔한 일은 아니라 이게 뭐지 하는 생각이 들긴 했다. 하지만 원체 신뢰감을 주는 부부라 별다른 생각을 하지는 않았다. 손님 앞에서 영어 공부를 해야 할 만큼 시간에 쫓기는가 보다 싶었다. 바깥분이 직장에서 승진 시험을 앞

두고 영어 듣기 공부를 하겠거니 짐작했다. 알아들을 수 없는 영어 방송은 내가 염색을 마치고 딸내미가 파마를 끝내는 동안에도 계속되었다. 기분이 묘했지만 못내 모른척했다.

드디어 미용실을 나서는 시간, 이 상황이 약간 당황스럽기도 하고 부럽기도 하고 궁금하기도 해서 넌지시 물어보았다. "승진 시험 준비하시나 봐요? 일하시랴 영어 공부하시랴 힘들겠어요." 이렇게 말하는 순간 여사장님 눈이 동그래졌다. "따님이 그 방송 틀어놓은 거 아니에요?" 이건 또 무슨 상황인가. 미용실에서 영어 방송을 들어야 할 만큼 절박한 일이 딸내미에게 없었을 뿐더러, 무엇보다 그런 무례를 범할 만큼 대범한 아이도 못 되었다. 부부가 동시에 말을 이었다. "우린 따님이 영어 공부하려고 틀어 놓은 줄 알았어요."

맙소사! 가만 그때 일을 되살리자면 이렇다. 테이블에 놓인 신문 밑에 리모컨이 있었고, 그것이 딸내미 팔꿈치에 눌려 저도 모르게 CNN 방송으로 채널이 바뀐 모양이었다. 딸내미는 그것을 전혀 의식하지 못했고 미용실 부부는 딸내미가 영어 공부하려고 채널을 돌렸나 보다 했던 것. 나는 나대로 미용실 남편분이 급하게 영어 공부를 해야 하는 상황이 생겼나 보다 하고 넘겨짚었던 것.

오늘의 결론? 배려도 지나치면 오해를 낳는다. 그러니 궁금하면 그냥 물어보는 거다. 단, 그 순간도 배려를 잊지 않을 것.

엄마의 재봉틀

엄마집 마루 창가에는 재봉틀이 놓여 있다. 수동 바퀴와 발판이 달린 아주 오래된 것이다. 몇십 년 동안 길들이고 윤을 낸 엄마의 손길 덕분인지 창으로 햇살이 내리면 재봉틀 검은 머리는 유난히 반짝인다. 몸체를 받치는 선반 위에는 자투리 꽃무늬 천이 이리저리 널려 있다. 익숙하게 순서대로 실을 꿴 엄마는 손으로 바퀴를 돌리는 동시에 발로는 장방형의 페달을 밟는다. 마법 같은 엄마의 솜씨에 금세 자투리 천은 화사한 베갯잇으로 재탄생된다. 오르락내리락하는 발판 위의 엄마 발과 바퀴를 돌리는 엄마 손 그리고 꽃무늬 천을 내려다보는 늙은 엄마의 순한 눈빛.

엄마의 발을 넘고 손을 지나 잠시 아련한 기억의 창가로 떠나본다. 순전히 『히다리 포목점』 때문이다. 히다리 포목점은 엄마의 재봉틀을 떠올리게 하는 소설이다. 다다다다, 소리를 내는 재봉틀 발판 곁을 주인공 모리오는 안식처로 생각한다. 그 위에 쪼그리고 앉아 배를 타는 느낌으로 혼자만의 황홀한 시간 여행을 한다. 순한 모리오와는 달리 그 시절의 나는 격자무늬 엄마의 재봉틀 페달이 창살 같다고 생각했다. 쉼 없이 돌아가는 엄마의 재봉틀 소리가 성가시고 싫었다. 쉼 없이 돌고 도는 그 소리를 동조 없는 연민으로 일관했다. 엄마의 삶이, 비루한 한 가계의 일상이 엄마가 박아내는 저 환한 꽃무늬 완제품처럼 밝아질 날이 있을까.

상처 많은 청년 모리오는 엄마가 죽은 뒤 가보 같은 재봉틀을 자신의 아파트로 옮겨온다. 그리곤 엄마처럼 바느질을 한다. 스커트에 맞춤한 꽃무늬 천을 찾아 몇 시간이나 헤맨 끝에 검은 고양이 '사부로' 씨의 안내로 히다리 포목점에 이른다. 나는 모리오가 아니므로 그런 시간이 온다 해도 엄마의 재봉틀을 소중히 간수하지 않을 것 같다. 재봉틀의 기본도 모르는 나는 바느질을 시도하기는커녕 모리오처럼 꽃무늬 천을 찾아 오래된 섬유 거리를 헤매지도 않을 것이다.

다만 엄마가 남긴 베갯잇, 방석, 이불보 등 다양한 소품들을 보면서 재봉틀을 돌리고 돌리던, 굳은살 밴 엄마 뒤꿈치를 오래 기억할 것이다. 바늘 자국이 지나간 엄마 오른손 검지의 상처를 떠올리며 당신 노동의 숭고함을 되뇌는 것도 잊지 않겠지. 모리오가 제 엄마의 꽃무늬 스커트를 재현할 때, 나는 가만 엄마의 베갯잇에 얼굴을 묻게 되겠지. 가끔 꿈길에서나 청년 모리오를 만나면 재봉틀 돌리던 엄마의 창가에 대해 회한에 잠겨 읊게 되겠지.

그래도 꽃보다 사람

오전 일정을 끝내고 콧노래를 부르며 차에 올랐다. 힘든 일을 마친 뒤라, 친구와 점심 겸 수다로 스트레스를 풀 생각에 기분은 최고조였다. 그것도 잠시, 교차로에 진입하는 순간 시커먼 물체가 허공에 날리더니 퍽, 하는 소리가 들렸다. 옆 차끼리 접촉사고가 났는데 떨어져 나온 범퍼가 공중제비로 내 차 옆구리를 찍었던 것.

날씨도 추운데 점심 약속마저 깨지게 돼 짜증이 났다. 하지만 별 소소한 일이 생기는 게 인간사인지라 덤덤하게 기다리기로 했다. 한데 사고 당사자 두 사람의 대처 방식이 극명하게 달랐다. 재미나면서도 씁쓸한 장면을 관찰하느라 추운 줄도 배고픈 줄도 모르겠다. 한쪽은 조심스레 대화를 시도하고 다른 한 사람은 무조건 성가셔한다. 뭔가 말을 꺼내려는 한쪽에게 다른 쪽은 손사래를 치며 단박에 잘라 버린다. 보험사 담당자들이 오면 그들끼리 알아서 하면 된단다. 귀찮다는 표정으로 어디 더 흠집 난 데 없나, 하고 자신의 차에만 눈길을 준다.

군말 필요 없다는 쪽의 택시 기사는 이런 일을 대처하는 확실한 매뉴얼을 알고 있는 사람이고, 대화를 시도하려는 한쪽은 그 상황에서 누구나 할 수 있는 일반적인 방식을 택한 경우였다. 아닌 밤중에 날벼락 격인 내게도 전자는 그 어떤 제스처도 취하지 않는다. 그에 비해 후자는 필요 이상으로 미안함을 표시한다. '남의 시간 뺏어서 어쩌나, 오늘 하루 일진이 안 좋다고 생각해 달라'는 등 나름 인간적인 해법을 취한다. 아무리 봐도 잘못은 '입 다물어' 파가 더 큰데, 배려는 '수다쟁이' 파가 앞선다.

왠지 씁쓸했다. 배짱 좋게 뻗대는 노회함보다는 분위기를 바꿔보려고 시도하는 순정함이 훨씬 보기 좋았다. 도식적이고 합리적인 사회 시스템을 따른다고 비난받을 일은 아니다. 하지만 최소한의 인간적인 배려도 없고, 역지사지를 모른다면 그게 잘산다고 할 수 있을까. 흠집난 제 차를 살피는 것보다 맘 졸일 상대 이야기를 들어주는 것도 나쁘진 않을 텐데. 꽃보다도 아름다운 게 사람이라 했거늘 차보다도 못한 게 사람이라면 어디 살 맛 나겠나.

잔소리

　제 앞가림하기도 버거운지라 엄마 노릇이라면 언제나 빵점이다. 그 미안함만큼 자식에게 자율성을 부여했다고 자부해왔는데 그건 나만의 착각이었다. 아들녀석이 말한다. "엄마, 잔소리가 뭔지 아세요? 엄마가 하는 모든 말이 잔소리가 아니라 같은 소리를 계속하는 게 잔소리예요." 한마디로 '엄마는 잔소리꾼'이란 얘기다. 은근히 서운하다. 사람은 언제나자기 식으로 생각하는 법. 별 잔소리 하지 않았다고 생각한건 내 입장일 뿐 아들은 그렇게 받아들이지 않는다.

　이를테면 내가 아들에게 하는 레퍼토리 두 가지는 이렇다. '첫째, 어학이 기본이다. 이 글로벌한 세상에서 어학은 필수이니 게을리하지 마라. 둘째, 확실한 관심 분야를 개척하되 악기 하나쯤은 다룰 줄 알았으면 좋겠다. 현대의 중산층 개념이 뭔지 아나? 아파트 평수도 외제차 유무도 아니다. 문화적 지위를 갖췄느냐 아니냐에 달렸다.'

적고 보니 잔소리다. 아들 기준에 의하면 엄마가 이런 말을 두 번 이상, 어쩌면 여러 번 했기 때문에 잔소리가 되는 것이다. 세상 모든 부모는 자식 걱정을 한다. 그 걱정의 다양한 버전이 보통의 자식들에게는 잔소리로 들린다. 그 시절 나 역시 그랬으니 할 말은 없다. 그렇다고 잔소리를 하지 않을 수는 없다. 부모는 말하고 자식은 거부하는 것, 그것이 잔소리의 속성이다. 엄마는 한두 번밖에 말한 기억이 없는데 자식은 여러 번 들은 것 역시 잔소리의 특징이기도 하다.

가만 생각하면 훈육 또는 길잡이라는 외피를 두른 모든 군소리는 부질없어 보인다. 물이 자정작용을 하면서 흐르듯 인간 성장에도 그 법칙이 적용되기 때문이다. 부모의 잔소리와 무관하게 아이들은 크면서 스스로 깨닫는다. 시기의 늦고 빠름에 차이가 있을 뿐, 본인의 인생행로에서 자연스레 자정능력을 발휘한다. 다만 그 시행착오의 시간과 노력을 줄이고 싶은 욕심에 부모는 잔소리를 하게 된다. 부모의 모든 옳은 소리는 아이들에게 가면 잔소리가 된다. 떼려야 뗄 수 없는, 부모자식 간의 가장 분명한 관계 증명원 잔소리!

집밥

요리가 대세인 시대를 살고 있다. 텔레비전을 켜면 예능과 드라마 못지않게 요리 천국인 세상이다. 고든 램지, 제이미 올리버, 빅마마 같은 전문가들이 나와 눈부신 요리 세계를 선보인다. 즐기면서 잘하는 분야가 요리라니 부럽기만 하다. 요리를 아주 못하는 건 아니지만, 나는 조리대 앞에 서는 걸 좋아하지 않는다. 먹는 즐거움을 그다지 누릴 생각이 없는 남편도 내 요리 실력의 퇴화에 일조를 했다. 어느 순간부터 밥상 차리는 일이 가슴을 짓누르는 숙제 같은 것이 되어 버렸다. 텅 빈 냉장고를 보며 한숨지을 때가 한두 번이 아니다.

그래도 외지에 있는 아이들이 돌아오는 주말이면 나름 신경을 쓴다. 뭘 해서 먹일까. 중복되지 않게 식단을 짜가며 요란을 떤다. 그렇게 해서라도 부족한 모성을 보상받고 싶은 건지도 모르겠다. 아침엔 초밥, 점심엔 냉면, 저녁엔 피자, 다음날 아침엔 고깃국, 점심은 스파게티, 저녁은 삼겹살. 아무리 봐도 평소의 내가 아니다. 한 끼 준비하고 나면 온몸이 땀범벅이 되고, 새로운 끼니 걱정에 마음마저 조급해진다. 종일토록 종종거리다가 밤이면 지쳐 드러눕는다.

오늘도 엄마로서의 임무를 끝내고 뿌듯해하고 있었다. 아들녀석이 화장실을 좀 자주 드나들긴 했지만, 소화가 빨리 되어서 그런가보다 했다. 그런데 저녁 운동을 다녀온 아들이 속내를 말한다. 집밥이 그리웠는데, 녀석이 먹은 건 집밥이 아니라 요리였다나. 속이 부대껴서 화장실을 들락거릴 수밖에 없었단다. 이것저것 신경 쓰는 엄마한테 미안해서 솔직하게 말을 못했단다. 아들이 바란 건 더도 말고 덜도 말고 소박한 밥상이란다. 구수한 된장찌개에 시원한 열무김치, 고등어 한 토막, 그 정도가 딱 좋은 '집밥'의 예란다. 식구끼리 둘러앉아 먹는 밥은 돌밥도 찰밥이고, 푸성귀도 산삼 찬으로 보인다나.

"한 밥에 오르고 한 밥에 내린다."는 어른들 말씀에 기대, 잘 먹여야 한다는 과장된 모성이 도리어 소화불량을 부르고야 말았다. 산해진미보다 소박한 겉절이가, 바깥 더운밥보다 내 집 식은 밥이 낫다는 단순한 원리를 왜 몰랐을까. 집 자체가 최고의 밥이고 엄마 자체가 최선의 반찬이라는 걸 왜 깨치지 못했을까.

줄리앙

꼬불꼬불한 머리칼에 그윽한 눈매, 길고 뾰족한 코와 앙다문 입술, 비현실적으로 긴 목을 가진 미소년. 줄리앙 석고상이다. 학창시절 미술반 친구가 그렸던, 이름도 몰랐던 그 석고상을 언젠가는 한 번 그려 보고 싶었다. 그림에는 젬병이었지만 그 로망만은 실현하고픈 버킷리스트가 되었다.

줄리앙은 15세기 이탈리아 피렌체의 명문 메디치가의 청년상이다. 줄리앙은 프랑스식 이름이고, 이탈리아식 이름을 되찾자면 줄리아노쯤이 되겠다. 메디치가의 묘당을 장식하는 여러 작품 중 하나였던 줄리앙이 몇백 년 뒤, 데생용 모델로 이토록 사랑받게 될 줄은 원 작가인 미켈란젤로도 몰랐을 것이다.

　마흔 즈음에 꿈에 그리던 데생 기초반에 들었다. 거기서 그린 석고상 순서는 아그리파, 줄리앙, 비너스, 아리아스 등이었다. 단연 줄리앙을 그릴 때 몰입도가 가장 높았다. 하지만 재능 없는 열정은 호기심이 충족되었다는 선에서 마감해야 했다. 소질이 없으니 선을 긋고 명암을 넣는 것이 고역이었다. 그림 배우기를 접은 것은 잘한 일인데 줄리앙을 다시 그릴 수 없다는 사실엔 조금 서운했다.

　누군가의 강연회에서였다. 사물을 제대로 보는 눈에 관하여 얘기를 했는데 그때 자료 화면으로 줄리앙 석고상이 떴다. 만날 보는 앞면뿐만 아니라 뒷면, 옆면까지 자세하게 나왔다. 신선한 충격이었다. 이제껏 내가 본 줄리앙은 앞면 또는 고작 해야 약간 비스듬한 옆면 정도였다. 단 한 번도 줄리앙에게 뒷면이 있다는 것을 생각해본 적이 없었다. 그 뒷면을 그린다는 것은 꿈에도 생각지 못했다. 원래 줄리앙이 전신상이니 미켈란젤로가 뒷면을 고려하지 않았을 리 없는데도.

사물의 이면을 보는 눈썰미. 진심이나 진실에 다가가려면 당연히 그러해야 한다. 보이는 것만 보고, 보고 싶은 것만 본다면 제대로 본 것이 아니다. 줄리앙의 뒷모습을 찬찬히 들여다본다. 상상을 보태면 주름 사이에 파고든 고독과 우수, 뽀글거리는 뒤통수 머리칼 밑에 숨어 있을지도 모를 원형 탈모, 이음새가 터져나갔을 등쪽의 갑옷섶까지 볼 수 있다. 그것까지 살피고 그릴 때 줄리앙을 제대로 안다고 할 수 있다. 귀티 줄줄 흐르는 줄리앙의 실체적 고뇌는 그의 뒷목덜미에 숨어 있을지도 모른다는 걸 왜 몰랐을꼬. 알면 좋은 것은 언제나 너무 늦게 실체를 드러낸다.

봄날의 방명록

참한 분의 초대를 받았다. 뜰을 둘러보기엔 지금이 적격이라고 했다. 잔잔한 연둣빛 향연을 누리기 위해 친구들이랑 길을 나섰다. 기꺼이 운전대를 잡은 사람, 삼겹살을 준비한 사람, 과일과 음료수를 챙겨 온 사람 등등 봄 소풍에 대한 기대감으로 모든 이의 낯빛은 밝아 보였다. 일행을 맞이하는 주인장의 얼굴빛에도 미소가 번졌다.

나날이 줄기를 키워가는 매발톱꽃, 무더기로 지고 있는 할미꽃, 아직 덜 핀 물달맞이꽃 등을 둘러보았다. 탄성이 절로 나왔다. 주인의 여문 손끝 앞에 존경심이 일었다. 아닌 게 아니라 그녀의 손톱 밑은 까맸다. 텃밭의 잡풀을 걷어내고, 마당의 꽃나무를 돌보느라 생긴 영광의 흔적이었다. 네일 아트로 단장한 여느 여인의 손톱보다 예뻐 보였다.

흰탱자꽃과 쟈스민 향이 번지는 마루에서 그녀의 이야기를 들었다. 그녀가 읊는 말은 그대로 한 편의 시가 되고 한 소절의 노랫가락이 되었다. 처음엔 화분에 돋는 잡초조차 귀히 보여 함부로 뽑기 힘들었단다. 모종삽으로 흙만 뒤집어 놓았더니 다음날 다시 살아나 낭패스러웠다고 했다. 천성이 곱고 생명에 대한 애정으로 가득한 사람 특유의 여린 마음이 고스란히 전해졌다.

우리 행동의 모든 원천은 '쾌락'에 있다고 누군가 말했다. 누군가에게 오늘 점심 같이 해요, 라고 말 건네는 건 듣는 사람도 행복하고 말 건네는 나도 행복해진다. 내가 유쾌하지 않은 상태에서 베푸는 호의는 진정한 호의가 아니다. 의무감에서 하는 행동은 순수한 의미에서 '쾌락의 감정'에서 멀어져 있기 때문이다.

자발적인 선의의 행동은 나를 즐겁게 하고 동시에 남을 유쾌하게 한다. 그건 결국 자신을 위한 일이다. 두건을 쓰고 앞치마를 두른 채 지인들에게 나눠 줄 들꽃을 따던 그녀. 그날 방명록에 미처 못 다한 말을 이렇게 써본다. 당신의 무구한 눈빛과 환한 미소 덕에 내 삶을 돌아보게 되었다고. 솟구치는 당신의 엔돌핀을 한 아름 분양 받고 싶다고. 당신을 따라할 수는 없지만 당신처럼 아름다운 사람을 품게 한 이 봄을 오래 기억하겠다고.

조팝꽃과 싸리꽃

봄꽃은 앞다퉈 피고 진다. 매화와 산수유가 피는가 싶더니 개나리와 벚꽃은 저만치 저버렸다. 뒤이어 복사꽃과 조팝꽃이 온 산천을 뒤덮었다. 좋아하는 복사꽃은 야외로 나가야 볼 수 있는데, 그 아쉬움을 조팝꽃이 달래준다. 도심 곳곳에 정원수나 가로수로 조팝꽃이 한창이다.

얼핏 보면 조팝꽃은 갓 지은 쌀밥 모양이다. 누군가 손톱 크기로 쌀알을 뭉친 뒤 가지가 휠 정도로 몽글몽글 매달아 놓은 느낌이다. 자세히 보면 그 느낌은 또 다르다. 희디흰 꽃잎 하나하나는 다섯 개의 홑겹으로 되어 있는데 잘 튀겨 놓은 팝콘 같다. 보릿고개를 넘던 시절의 정서를 대표하는 이팝꽃과

닮았다. 조팝꽃이 튀긴 좁쌀 모양이라거나 조밥을 닮았다는 말에는 공감이 가지 않는다. 고봉쌀밥을 닮은 정도로는 오히려 이팝꽃보다 조팝꽃이 더하기 때문이다.

좋아하는 봄꽃도 시절 따라 달라지는 것일까. 화사한 복사꽃이 그리 좋더니 요즘은 은은한 조팝꽃에 눈길이 자주 간다. 어린 시절 봄날에도 조팝꽃이 지천으로 피었었다. 어른들은 그 꽃을 싸리꽃이라 불렀다. 조팝나무로도 싸리비를 만들었기 때문에 그렇게 불렀던 것일까. 봄볕 다사로운 싸리꽃 울타리 아래서 오손도손 소꿉장난을 하곤 했다. 아득하게 번지는 싸리꽃향을 맡으며 붉은 돌을 빻아 고춧가루를 만들고, 진흙을 이겨 떡을 빚었다. 동동구리무 빈 통과 소주병 뚜껑으로 세간을 삼기도 했다. 순정한 시절이었다.

싸리나무는 따로 있는데다 종류, 모양, 꽃 피는 시기 등이 조팝나무와는 다르다는 것을 최근에 알았다. 내가 알고 부르던 싸리꽃이 실은 조팝꽃이라는 게 영 어색하다. 꽃 이름 하나 제대로 받아들이기 어려운 건 그것과 관련된 추억 때문이다. 모든 옛날을 기억하지 못하는 우리는 잔상에 남은 기억들을 소환해 자기만의 의미를 부여하곤 한다. 소박한 기억이지만, 구체성을 띤 그 '유의미한 것'들을 인위적으로 바꾸려 하면 마음에서부터 저항이 인다. 그러니 조팝꽃은 내게는 여전히 싸리꽃이다. 너무 쉽게 그 꽃을 조팝꽃으로 인정해버리면 추억마저 변할까 저어되기에.

입동 단상

집 떠난 자식은 독립한 것일까? 학업, 취업, 결혼 등의 이유로 자녀들은 일정 기간이 되면 부모로부터 떨어져나간다. 누가 봐도 독립이라 봐줄 만하지만 실은 이것은 물리적이고 현상적인 독립에 지나지 않는다. 진정한 의미의 홀로서기와는 한참 멀다.

아침저녁으로 체감 온도가 급격히 낮아진다. 간절기 겉옷이 필요할 터인데도 아들에게서는 소식이 없다. 외로이 옷장에 걸린 녀석의 외투를 보며 맘이 아려온다. 전화를 걸어본다. 수업 중인지 받지 않는다. '옷 가지러 안 와?' 문자를 보낸다. 두어 시간 지나도 답이 없다. '두꺼운 옷 갖다 줄까?' 괜히

오지랖을 넓혀본다. 그제야 답이 온다. '걱정 마세요. 좀 춥지만 견딜 만해요. 주말에 가지러 갈게요.' 여기서 그치면 좋으련만 몹쓸 모성은 이제 '좀 춥지만'이란 문구에 자동으로 과민 반응하게 된다. 여간 추워서 그런 말을 한 게 아닐 것이라며, 지레짐작으로 외투 없는 자식의 저녁 시간을 걱정한다. 그 밤에 외투를 들고 쫓아갈 태세이다.

정서적, 객관적으로 평정심을 잃지 않는 남편은 별 것도 아닌 일로 주책을 떤다며 핀잔을 준다. 견딜 만하다니 주말까지 기다리면 될 것이고, 그 전에 추위가 몰아친다면 한 벌 사 입겠지. 다 큰 녀석이 제 앞가림도 못할까 봐 걱정이냐고 무관심을 가장한 위악을 떤다.

흔히 볼 수 있는 집안 풍경이다. 다정도 병인양이라고 대부분의 엄마들은 자식 걱정을 사서 한다. 가만 보면 자식은 심리적 정서적으로 부모와 분리될 준비가 되어 있는데, 그 끈을 놓지 못하는 것은 대개의 경우 부모이다. 그런 현상은 엄마 쪽이 조금 더하다. 엄마가 노심초사하는 것만큼 자식들은 다급하지 않으며, 엄마가 애면글면하는 것만큼 자식들은 힘겨워하지도 않는다. 자식은 엄마가 생각하는 것 이상으로 빨리 크고 앞서 간다. 독립 못하는 것은 자식이 아니라 엄마이다. 자식은 잘 알아서 하는데 괜히 엄마는 뒷북을 친다. 자식의 홀로서기를 막는 가장 큰 적은 엄마가 아닌지. 자식에게서 한시라도 자유로울 수 없는 엄마, 그게 모성인 걸 어쩌란 말이냐.

이웃이 사라진 자리

우스갯소리 하나. 아파트 엘리베이터에서 가장 반갑게 알은 체를 하는 사람은? 외판원이나 전도하는 사람이란다. 그만큼 이웃 간에 살갑게 인사하는 것이 어색해진 시대가 되어버렸다. 많은 가구원이 모여 사는 고층 아파트의 경우 더욱 그러하다. 게다가 아이들이 다 커버린 나 같은 중년 이후라면 새 이웃과 알고 지내는 기회는 좀처럼 오지 않는다. 아이가 어리다면 같은 어린이집을 보낸다, 학습 정보를 공유한다 등의 이유로 친분을 쌓을 기회라도 얻지만, 아이들이 독립한 지금은 이웃에 누가 사는지조차 거의 알지 못한다.

엘리베이터를 타면 흔히 보는 풍경. 마지못해 인사를 건네는 것도 잠시, 대개 스마트폰을 꺼내 애꿎은 화면만 터치한다. 엘리베이터 안에서 무에 그리 급하게 검색할 정보가 있을 것이며, 무슨 그리 다급하게 확인해야 할 메시지가 있단 말인가. 하지만 나부터 그런다. 그 짧은 시간, 어색함을 감추기에는 스마트폰만큼 안전한 방어막도 없으니. 그나마 아이들을 만나면 맘이 누그러진다. 소통의 부재나 현대인의 고립감이 뭔지 모를 동심 앞에서는 긴장할 필요가 없으니. 어른 이웃을 만났을 때의 쓸 데 없는 탐색전과 어색했던 긴장감을 보상 받기라도 하듯 이런저런 살가운 말을 건넨다. 의외로 아이들은 성가셔하지 않고 말동무가 되어준다. 동심들과만 대화가 가능한 엘리베이터 속 아이러니.

농경사회의 집은 원래 안정적 정착에 있었다. 하지만 현대에 와서 그 의미는 퇴색되어 간다. 이제 도시인 대부분은 정주민이 아니라 유목민에 가깝다. 처한 입장이 다양한 만큼 이곳저곳을 떠돌며 산다. 이웃을 사귈 시간도 의지도 부족하다. 대신 인터넷의 각종 커뮤니티 사이트를 기웃거리거나 현실적 도움이 되는 모임들을 찾아 나선다. 이웃사촌 없는 사회가 가능한 시대가 이처럼 빨리 오리라고 누가 상상이나 했겠나. 이웃 없어도 불행한 줄 모르는 도시인들은 이 순간에도 옆집의 안부를 묻는 대신 스마트폰의 안녕부터 점검한다. 영혼 없는 기기에다 대고 의미 없는 미소를 지을 뿐이다. 그 많던 이웃은 이제 스마트폰 안에 산다.

김밥이 웃는 시간

종강을 앞둔 모 프로그램, 반장을 맡은 분이 수업에 조금 늦을 것 같다고 연락을 해왔다. 어린 자녀를 데리고 오면서도 결석 한 번 하지 않을 정도로 성실한 그녀에게 무슨 일이 생겼나 싶었다. 아이가 아파 주사라도 한 대 맞히고 오려나 싶었다. 삼십 분 정도 늦은 그녀의 표정에 근심 끼가 돌지는 않았기에 다행이다 싶었다.

마칠 때였다. 여느 때처럼 점심은 어디서 먹지, 하고 고민하는데 반장님 왈 오늘은 '자기 동네 후미진 곳에 자신만 아는 맛집'이 있으니 거기로 가보잔다. 모두 환호했다. 차림은 소박하고 맛은 담백하며 값까지 착할 것, 내가 생각하는 대중적인 맛집의 조건은 그러했다. 동네 후미진 곳에 자신만 아는 맛집이라면 그 조건에 딱 맞을 것이었다.

맛난 점심에 대한 기대감의 수다꽃을 피우며 우리는 꼭꼭 숨어 있는 그곳을 향했다. 그런데 앞서 운전하던 반장님이 멈춘 곳은 한 아파트 주차장이었다. 밥집이 아파트 근처라 이곳 주차장에 차를 세우고 가려나 싶었다. 한데 그게 아니었다. '자신만 아는 후미진 맛집'은 다름 아닌 자신의 집이었다. 초대한다고 귀띔을 하면 회원들이 부담을 느낄까봐 깜짝 이벤트를 한 것이다. 말할까 말까 밤새 고민하며 준비하느라 수업에도 살짝 늦었다고 했다. 그렇다고 모른 척 할 수는 없는 일. 급히 마트에 들러 작은 선물을 마련했다. 그조차 서로 준비하겠노라고 실랑이를 벌였다. 겨울바람이 몹시 찼다. 그럼에도 뭔지 모를 따뜻한 기운이 가슴 속을 파고들었다.

그녀가 차려낸 것은 소박하고 깔끔한 김밥 밥상이었다. 시금치와 당근을 비롯한 야채와 볶은 고기 등으로 김밥 속을 준비해 놓았다. 주인장의 야문 손길이 빛나는 도자기 그릇 앞에서 우리는 미니 김밥을 제조하기(?) 바빴다. 김밥을 마는 빠른 횟수만큼의 웃음꽃이 피어났다. 준비한 재료와 밥을 싹쓸이 하고도 아쉬워할 정도로 맛난 점심이었다.

　어떤 사람, 어떤 그룹마다 풍기는 특유의 기운이 있다. 그 분위기는 처음부터 고유한 성질을 지니는 건 아니다. 사람이 분위기를 만든다. 사람은 꽃보다 아름답다. 결국 나는 이 말을 하고 싶었던 게다.

제대로 본다는 것

제대로 보려면 얼마나 연습이 필요한지. 대상을 온전히 배려하려면 얼마나 열린 감각을 지녀야 하는지. 시각장애인 문예회원들과 야외 나들이를 갔다. 장애인과 비장애인 한 명씩 짝을 이뤘다. 시각을 제외한 청각, 후각, 촉감 등이 상대적으로 발달된 덕에 그들의 자연에 대한 교감 밀도는 보통 사람들에 비해 훨씬 높다. 스치는 바람 소리의 미세한 떨림까지도 구분해서 듣고, 빛의 세기와 공기 중에 떠도는 습기의 정도에 따라 같은 꽃도 그 향을 달리 느낄 수 있다. 살랑거리는 나뭇결을 느끼는 손끝까지도 섬세하고 예민하다. 그들은 눈으로 보는 게 아니라 오감으로 대상을 본다.

오전 활동이 끝난 뒤 점심을 먹고 식당을 나설 때였다. 모두 신발을 찾는다고 부산하다. 시각장애인 한 분마다 베테랑 도우미 한 분이 짝을 이뤘기에 신발을 찾기가 그리 어렵지는 않았다. 문제는 도우미로서 생짜 초보인 내게 있었다. 짝지가 신발을 벗을 수 있도록 도와드린 것은 기억나는데, 그분의 운동화가 어떤 것인지 어디에 두었는지는 기억나지 않았다. 결국 옆 도우미의 도움으로 찾아내기는 했는데 창피해서 정신이 아득해졌다. 실은 짝지의 신발을 내가 챙겨야 한다는 사실조차 인지하지 못하고 있었다. 그분이 불편하지 않아야 한다는 생각에만 집중했지, 그분에게 직접적으로 필요한 도움이 무엇인가에까지는 생각이 미치지 못했던 것. 피상적으로만 그들 곁에 있었지, 잘 볼 수 없는 그들의 입장에까지는 이르지 못한 것.

『어린왕자』에서 여우가 말했다. 잘 보려면 마음으로 봐야 한다고. 머리로만 봐서는 상대의 마음에 가닿을 수 없다. "나뭇잎이 눈을 가리면 태산도 보이지 않고, 콩이 귀를 막으면 천둥소리도 들리지 않는다."고 했다. 눈 가리는 나뭇잎 한 장 같고 귀 막는 콩 한 알 같은 자기 한계를 극복할 수 있는 훈련이 필요하다. 별 것 아니게 보이는 무심함이 온 우주를 멍들게 할 수도 있다. 의식하지 못한 사이, 피로한 습관 같은 것이 되어 버린 이 무신경한 눈과 귀. 저 내리는 장맛비에 깨끗이 헹궈내고 싶다.

스스로 보듬기

엘리베이터에서 이웃 아가씨를 만났다. 이십대 여성 특유의 새치름함과 쑥스러움이 없어 내가 좋아하는 타입이다. 엘리베이터 안 그 짧은 시간 동안 말동무가 될 정도로 털털하고 밝은 아가씨였다. 오늘도 문이 열리자마자 예의 환하고 씩씩한 그녀가 먼저 인사를 건넨다. '데이트하러 가나 봐요.'라고 화답했더니 그녀의 반응이 이랬다. "아니에요. 이 몸에, 이 얼굴에 누가 데이트 신청이나 하겠어요? 살 빼고 더 예뻐진 다음에 생각해 볼 거예요." 그녀는 진심인 듯 그렇게 말하고 있었다. 생각지도 못했는데 그녀 스스로를 비하하는 그 모습에 충격을 받았다. 그녀는 충분히 예뻤으며, 더 이상 뺄 살 같은 건 없어 보였다. 참 밝고 유쾌한 아가씨다, 라고는 생각했어도, 한 번도 그녀가 못생겼다거나 뚱뚱하다고 생각해 본 적은 없었다.

타자의 생각은 나와 같지 않다. 특히 자신만이 느끼는 약점에 관한 것이라면 더욱 타자는 나와 생각이 같을 리 없다. 내약점은 내 필터 안에서만 작동하는 것이지 타자에게 건너가면 시쳇말로 '의미 없다'가 되는 경우가 많다. 내가 어떤 생각을 하는지 타자는 나만큼 알 리가 없고 관심도 없기 때문이다.

그럼에도 누군가의 비난 서린 한 마디가 평소 자신이 생각한 약점에 관한 것이라면 두고두고 트라우마가 되기는 한다. 평소에 스스로 못생겼다고 생각하고 있는데, 누군가로부터 그 말을 듣게 되면 그 이후로는 모든 타인이 자신더러 '못생겼다'고 말하는 것처럼 느껴진다. 하지만 십 퍼센트의 타자가 내가 느끼는 나의 약점을 인정한다고 해서 나머지 구십 퍼센트의 사람 또한 그럴 것이라고 단정 짓는 것은 어리석다.

타자는 내가 생각하는 것만큼 나에게 관심이 없다. 그러니 부디 스스로를 긍정하도록. 나를 내가 받아들이지 못할수록 타자의 시선도 나를 곡해하게 된다. 호의적인 주변의 시선으로부터 외면당하고 싶은가. 그렇다면 마음껏 스스로를 옭아매고 몰아쳐라. 하늘은 스스로 돕는 자를 돕고, 스스로 버리는 사람부터 버린다.

안네와 엄마

내 인생 최고의 책 중의 하나는 완전판 『안네의 일기』이다. 그토록 어린 소녀가 그만치 진솔하고 통찰 있는 내면의 목소리를 내기란 쉽지 않다. 암스테르담 여행 중 예정에도 없던 안네의 은신처를 들르게 되었을 때 누구보다 가슴이 벅차올랐던 건 말할 필요가 없다.

안네의 일기는 2차 세계대전의 참상을 묘사했다거나 나치의 홀로코스트를 고발하는 내용이 주가 아니다. 선전문구만 보면 그런 것이 주된 내용인 걸로 착각하기 쉬운데 전혀 그렇지 않다. 한마디로 감수성 예민한 사춘기 소녀의 일상 기록이다. 그런데 그게 보통 사춘기 여자애의 감수성이 아니라 몇

단계 뛰어넘는, 말하자면 기성인으로서 감당하기 힘든 개성을 보유한 소녀의 기록이라는 데 그 매력이 있다.

제한된 공간에서 한정된 사람과 생활할 수밖에 없던 상황에서 안네는 불화의 아이콘이다. 고집불통에다 예민하며, 자기 주관적이면서 적극적인 안네는 아버지를 제외한 은신처 사람들 대부분과 부딪힌다. 그런 딸을 가장 버거워한 이는 당연 안네의 엄마였다. 은신 생활을 한 첫날부터 안네와 엄마는 긴장과 대립의 연속이었다. 물론 그 전에도 썩 관계가 좋은 건 아니었다.

모녀의 기질은 완전히 달랐다. 엄마 에디트는 겉보기에 지루해 보이는 차분함과, 모성애에서 비롯된 잔걱정이 많은 사람이었다. 딸 안네는 과도할 정도로 자기표현에 능한데다, 울음과 흥분으로 제 기분을 표출하는 성격이었다. 모성의 안달과 사춘기의 예민함은 자주 충돌했다. 안네는 '엄마는 참을 수 없는 존재이기 때문에 탓하지 않고 가만히 있으려면 대단한 자제력이 필요하다. 나는 엄마의 얼굴을 때릴 수도 있을 것 같다'고 불만을 토로한다.

안네의 엄마도 이해되고, 사춘기 안네도 공감된다. 이러한 섬세하고도 진솔한 에피소드들이 안네의 일기에는 차고 넘친다. 위선이나 거짓 감정이 배제된 영특하고 발칙한 소녀의 기록이 인간을 이해하는 데 얼마나 좋은 텍스트가 되는지 기회 있을 때마다 나는 강조하고 감탄한다. 단, 안네가 실제 내 딸이라면 버거워서 사절이지만.

2부

참 쉽죠?

참 쉽죠?

십여 년도 훨씬 전, 밥 로스라는 화가가 인기를 끈 적이 있었다. 한결같이 멜빵바지와 풍성한 뽀글 퍼머를 한 아저씨는 토요일 저녁마다 EBS 화면에 나왔다. 그림을 그립시다, 라며 넉살좋은 웃음으로 시청자들을 매혹했다.

일 인치 붓과 그림용 나이프를 든 밥 아저씨가 부드럽게 속삭인다. "자, 이 왼쪽 공간이 심심해보이죠? 벤다이크 브라운을 이용해 나무 한 그루를 그려 넣을 거예요. 티타늄 화이트를 살짝 덧발라 주세요. 나이프로 이렇게 몇 번 긁으면, 호수가 있는 오두막 완성!" 팔레트를 든 그의 손길이 빈 캔버스에 닿으면 금세 마술처럼 한 폭의 풍경화가 탄생하곤 했다. 붓질

몇 번 하고 나이프로 쓱쓱 긁어준 뒤 덧칠로 갈무리했을 뿐인데, 희한하게도 앙상한 나무에 잎이 돋고 숨어 있던 호수가 깊어지며 밋밋했던 오솔길이 살아나곤 했다.

이 모든 과정이 삼십 분도 채 걸리지 않았다. 그림을 완성한 뒤 밥 아저씨는 꼭 이런 멘트를 남겼다. "참 쉽죠?" 시청자를 약 올리는 듯한 이 말에 사람들은 묘하게 중독되었다. 밥 아저씨의 영향으로 너도나도 붓을 들었다. 누구나 아저씨처럼 소매 걷어붙이고 팔레트를 들기만 하면 쉽게 그림이 그려지는 줄 알았다. 아저씨가 그토록 예찬해 마지않는 벤다이크 브라운과 티타늄 화이트 그리고 올리브 그린을 사용해 저마다 풍경화에 도전했다. 나도 그 중 한 사람이었다. 밥 아저씨처럼 될 리가 없었다. 자조 섞인 한숨이 절로 나왔다. 쉽기는 개뿔. 밥 아저씨는 동네 흔한 아저씨가 아니라 화가 밥 로스였단 말이다!

전문가에게나 쉬운 일이지 초보자에게 쉬운 게 어디 있겠나. 보고 말하고 듣기에나 쉽지, 뭐든지 손수 겪어 보면 쉬운 건 세상에 없다. 적어도 한 분야에 일가를 이루려면 그만한 시간과 노력이 뒷받침되어야 한다. 너무 쉬워 보이는 밥 아저씨의 그림은 눈으로 보고 마음으로 흉내 낼 때나 만만한 것이지, 실제 캔버스 앞에 앉는 순간 아득한 절망감에 몸서리치게 된다. 쉬워 보이는 한 가지 길엔 약간의 재능과 함께 언제나 땀이란 수고가 따라다닌다. 참 쉽죠? 이 말은 '부단히 노력했지요.'라는 말의 에두른 고백임을 그때 알았다.

물은 높은 곳에서

물은 높은 곳에서 낮은 곳으로 흐른다. 의심해본 일 없는
그 물리적 진실 앞에서 고개를 갸우뚱한 적이 있다. 하구河口
가 내려다보이는 곳으로 이사한 뒤부터 짬이 나면 강물을 관
찰하는 버릇이 생겼다. 남달리 풍부한 서정적 심성 때문이 아
니라 시시때때로 가늠하기 어려운 물결 방향 때문이었다.

상식으로야 바다가 보이는 쪽이 낮은 쪽이니 그곳으로 강
물이 흐른다고 생각하면 그만이다. 하지만 눈에 보이는 물길
은 하루에도 몇 번씩 그 방향을 바꾸곤 했다. 아침나절 분명
뭍에서 바다로 흐르던 물줄기가 오후가 되면 바다에서 뭍을
향해 바뀌어져 있곤 했다. 신기하면서도 의문스러웠다. 바다

와 접하는 강 하구에서는 물이 역류해 내륙 쪽으로 내몰리기도 하는 걸까, 하는 엉뚱한 생각을 하기도 했다.

하지만 거꾸로 흐르는 물이 어디 있으랴. 얼마 지나지 않아 물이 거꾸로 흐르는 것처럼 보이는 이유를 알았다. 물결 때문이었다. 지형 특성상 하구는 강폭이 넓은데다 강심의 높낮이가 거의 구별되지 않는다. 물 흐름이 완만하니 바람 없는 날에는 호수처럼 강 물결이 잔잔하다. 도무지 어느 쪽으로 강이 흐르는지 쉽게 알 수 없다. 그러다가 동풍이 몰아치면 잠잠했던 물결은 내륙을 향해 밀려 올라간다. 잔물결을 일으키며 바다에서 쫓기듯 물은 상류를 향해 바람몰이를 한다. 바람의 방향과 착시 현상 때문에 물이 거꾸로 흐르는 것처럼 보인다. 반대로 강한 서풍이 불어오면 언제 그랬냐는 듯 강은 제 본래 모습을 드러내며 바다쪽으로 흐른다. 파도가 치듯 거친 물결을 겹으로 만들며 도도한 물의 흐름 본연의 모습을 보여준다.

거꾸로 흐르는 강은 없다. 바람결 따라 표면의 물결이 거꾸로 흐르는 것처럼 보일 뿐, 속 깊은 물은 변함없이 바다로 흐른다. 어떤 사안 앞에서 그것이 잘못되어 가는 것처럼 보여도 그것이 진실하다면 제대로 흘러가게 되어 있다. 겉 물결이 역류한다고 물길 자체가 바뀌는 것은 아니다. 본질의 물은 언제나 위에서 아래로 묵묵히 흐른다. 그 깊은 속은 결코 역류를 허락하지 않는다.

사랑하지 않아야 사랑이

사랑하지 않아야 사랑이 온다. 사랑하면 그 사랑은 달아나기 십상이다. 어느 누구도 그 사실을 가르쳐주지 않았기 때문에 대부분 첫사랑은 실패로 남는다. 사랑을 이론서 안에서만 이해하려 한 치들은 '사랑은 주는 것'이라며 순정한 사람들을 기만해왔다. 더 많이 사랑할수록 충만해진다는 것은 거짓이다. 사랑은 주는 것도 받는 것도 아니다. 사랑은 다만 혼란이다.

대개 어느 한쪽의 괴로움을 수반하는 심리적 기 싸움이 사랑이다. 더 많이 사랑할수록 패배자일 뿐, 덜 사랑해야 승리자가 된다. 그것이 사랑의 속성이라고 수많은 문학작품이 말

해왔다. 사랑이라고 믿는 사랑은 사랑이 아니다. 그건 상처의 다른 이름이다. 첫사랑에 백전백패하는 이유는 상처가 되는 줄도 모르고 무조건 주려고만 하기 때문이다.

사랑의 저울추가 공평하다는 순진한 믿음이 사랑을 그르친다. 사랑만큼 저울추가 확실히 기울어지는 것도 없다. 덜 사랑하는 사람은 연민과 자책은 남을지언정, 사랑의 슬픔이나 괴로움 따위를 친구로 두지는 않는다. 하지만 더 사랑하는 쪽은 상대가 보여주는 연민과 자책마저 자신에 대한 사랑으로 착각한다. 사랑 앞에서 늘 괴로움을 친구로 두는 이유이다.

누가 뭐래도 첫사랑은 들키기 쉬운 낯빛을 하고 나타난다. 사랑의 속성에 무지한 그 마음은 결코 숨길 수가 없다. 어설퍼서 티 나기 쉬운 비밀처럼 찾아오는 게 첫사랑이다. 순수해서 어리석었던 그 감정은 사랑이라는 범주에 넣기에는 너무 처연한 그 무엇이다. 사랑보다 깊은 상처가 어찌 사랑일 수 있으랴. 상처뿐인 회한이 어찌 온전한 사랑일 수 있을까. 제 마음을 완벽하게 주관하지 못한 사랑을 어떻게 사랑이라 부를 수 있을까. 아픈 사랑은 사랑이 아니다. 그냥 아픔일 뿐이다.

사랑은 아름답지 않다. 그 사실을 깨달은 뒤의 사랑이어야 진짜 사랑이다. 현명한 자는 사랑을 부리고, 어리석은 자는 사랑을 좇는다. 진정한 사랑은 사랑을 버린 뒤에야 오더라. 사랑하지 않아야 제대로 사랑이 오더라. 안타깝게도 모든 현명한 것들은 너무 늦게 알게 된다는 사실.

돌아오지 않을 것들

여행의 묘미는 '돌아옴'에 있다. 당장이라도 여장을 꾸려 어디론가 떠날 수 있는 것은 돌아올 희망이란 반전이 보장되기 때문이다. 돌아올 기미 없는 여행은 엄밀히 말하자면 여행이 아니라 도피이거나 추방 아니던가. 돌아옴을 전제로 하기 때문에 우리에게 여행은 발랄한 판타지요, 반짝이는 마법이 될 수 있는 거다.

그런데 여행을 두고 '돌아오지 않는 눈부심'이라고 말하는 시인이 있다. 이진명 시인은 「여행」이란 시에서 '안 돌아오는 것'이야말로 여행이라고 비에 젖은 꽃잎처럼 말한다. "누가 여행을 돌아오는 것이라 틀린 말을 하는가 / 보라, 여행은 안 돌아오는 것이다 / 첫 여자도 첫 키스도 첫 슬픔도 모두 돌아오지 않는다 / 그것들은 안 돌아오는 여행을 간 것이다 / 얼마나 눈부신가 / 안 돌아오는 것들."

'첫'이란 관형사가 붙는 모든 것들은 편도 차표 한 장으로 버려지는 여행과 같다. '첫'의 상태는 두 번 다시 오지 않기 때문에 그 여행은 쓸쓸하지만 눈부시다. 순정한 영혼의 첫 여행은 반짝이는 모래알이었다가 뾰족한 자갈돌이 되기도 한다. 찬란히 뜨는 무지개인가 싶다가 내리치는 번개의 잔상으로 남기도 한다. 아침 이슬을 받는 꽃망울이었다가 모퉁이의 젖은 꽃잎으로 버려지기도 한다. 아무 것도 모르던 첫 시절은 필연적으로 희거나 검은 상처의 여행기를 남긴다. 그렇게 첫 여행은 '안 돌아오는' 것들의 눈부신 슬픔이 된다.

그러니 설워 말자. 돌아오지 않는 그 여행의 상흔이야말로 스스로를 단련시키는 뿌리가 되리니. 따라서 첫 슬픔의 매혹이었을 그것들을 때가 오면 담담히 놓아주자. 더욱 단단해지고 찬란해지기 위해서는 돌아오지 않을 여행도 필요할 것이

니. 의혹으로 흔들리는 누군가의 눈빛 앞에서, 맞닿을 수 없는 협곡 같은 절망이 처음으로 그대 입술을 적신다면 이제 돌아오지 않을 여행을 할 때다. 돌이킬 수 없는 그 눈빛 앞에서 돌아오지 않을 것들이야말로 찬란한 눈부심이라고 스스로를 축복할 일이다. 돌아오지 않아야 할 모든 '첫'에 대해 위로 받고 싶은 새벽의 불면.

꿈과 현실의 펄럭임

우리가 지닌 이미지 속에서 꿈과 현실이 완전히 분리되면 좋은데 꼭 그렇지만도 않다. 그 둘 사이의 이미지 중첩에서 오는 혼란 때문에 당혹스러울 때가 있다. 가령, 이국의 도시를 둘러 본 뒤 몇 년이 지나, 그곳 풍광에 대한 실제 이미지가 희미해지면 그곳을 가기 전 꿈꿨던 상상 속의 이미지와 실제 모습이 뒤섞여 혼란스러움을 맛보게도 된다.

예를 들면 리스본의 구시가 언덕 골목길 바닥에 깔린 오랜 돌들에 대한 이미지가 상상 속의 것인지 실제의 것인지 헛갈리고, 그 한갓진 골목에서 흘러나오던 파두의 목소리 주인공이 크리스티나 마데이라였는지 아말리아 로드리게스였는지

분명치 않게 된다. 마드리드 마요르 광장을 기억한다면 그곳 노천카페에서 체질에도 맞지 않은 에스프레소를 마시고, 즐비하게 이어진 옷가게에서 이국풍의 티셔츠를 산 것이 실제 기억인지 떠나기 전 상상의 순간이 재현된 것인지 아리송해지기 시작한다. 좀 더 대중적인 파리의 몽마르트 언덕으로 배경을 바꾸더라도 그 현상은 달라지지 않는다. 그 언덕길에 대한 이미지가 그곳에 가보기 전 몇 십 년 동안 꿈꿔왔던 내 안의 풍경인지, 실제 보고 난 뒤에 기억된 실제 모습인지 확신하지 못하게 된다. 이런 상황은 우리를 혼란스러움으로 이끈다. 하지만 굳이 그것을 거부할 필요는 없을 것 같다. 다음과 같은 문장 하나를 건질 수 있으니까.

"어느 날, 나이가 들면, 보르도에 실제로 도착하는 것보다 보르도를 꿈꾸는 것이 더 좋거니와, 더 진실하다는 걸 기억할 것이다." 페르난두 페소아의 저 문장을 발견했을 때 위에 고백한 현상들에 대해 조금만 자책하기로 했다. 환상과 현실의 이미지가 중첩되지 않는 삶이란 얼마나 도식적이고 기계적일 것인가. 그곳의 빛깔과 맛과 냄새가 현실 속의 실체였는지, 머릿속 허상이었는지 불분명해지기 시작하면 다시 떠날 시기가 도래한 것이다. 상상으로 날갯짓하는 내 안의 펄럭임, 그것이 실제보다 더 진실할 수도 있다는 것을 증명하기 위해서라도 쉼 없이 어디론가 떠나기를 꿈꾸게 될 테니까.

오독의 자유

시 읽기의 또 다른 즐거움은 오독誤讀에 있다. 어느 분야보다 축약과 비약이 허용되는 장르가 시이다 보니 읽는 이마다 행간의 의미를 달리 해석할 수 있다. 시인이 의도한대로 꿰뚫어 볼 수 있으면 다행이지만, 독자 맘대로 이해했다고 그 시를 잘못 읽은 거라고 말할 수는 없다.

젊은 시절 김동리 소설가와 서정주 시인이 술집에서 만났다. 그때의 김동리는 시도 쓰고 소설도 썼다. 시 한 편을 쓴 소설가가 시인에게 그것을 읊어 주겠다고 했다. 취중 시인은 그러라고 고개를 끄덕였다. 소설가가 짧은 시를 읊었다. "벙어리도 꼬집히면 우는 것을." 한 구절을 들은 시인이 무릎을 쳤다. "명작이다, 명작. 벙어리도 꽃이 피면 울다니!" 역시 꿈보다 해몽이요, 시보다 해설이다. 시인을 떠난 시는 독자의 몫이다.

"한 여자 돌 속에 묻혀 있었네 / 그 여자 사랑에 나도 돌 속에 들어갔네" 이성복 시인의 시 「남해금산」 첫 구절이다. 젊은 시절 이래로 나는 그 시에 나오는 '돌'을 줄곧 '돌멩이'로 이해했다. 해변에 널려 있는 검은 몽돌 정도로 상상했다. 작고 반질거리는 검은 자갈돌에 들어앉은 여자를 상상했다. 소우주라는 거창한(?) 알레고리로 돌멩이를 해석했다. 남해금산에 대한 그 어떤 지리적·환경적 정보가 없는 상태에서 시를 접했기 때문에 이런 무지한 상상력을 발휘했던 것이다. 남해금산이 바윗덩어리 산이고, 시에 나오는 돌이 자갈돌이 아니라 '바위'를 말하는 것임을 알게 되었을 때의 당혹감이란! 내가 상상했던 시적 그림을 바꿔야 한다는 사실에 남모를 저항감이 밀려왔다. 그래서인지 여전히 내게 「남해금산」의 '돌'은 '몽돌' 이미지로 남아 있다.

정서적 충만을 유도하는 즐거운 오독은 시적 비약이 허용되는 것만큼이나 독자에게 허용될 자유라고 생각한다. 이미지를 왜곡하고 굴절하는 오독이 아니라, 시인이 의도한 것과 다른 미적 쾌감을 담보하는 오독이라면 굳이 바꿀 이유도 없지 않을까. 어쩌면 발화자인 시인들 스스로 그들의 시를 기꺼이 오독해주기를 바랄지도 모르니까.

삶은 이미지로 각인되고

"우리에게 기억되고 각인되는 건 이를테면 한 남자가 살해 당했다는 사실이 아닙니다. 죽음이 닥치는 순간, 그는 매끄러운 책상 위에 놓인 클립을 집으려고 책상 위를 긁고 있었고, 미끄러운 클립 때문에 얼굴 가득 불만스러운 표정이며, 고통으로 입은 반쯤 벌어져 있었고, 그리고 그가 세상에서 마지막으로 떠올린 것이 죽음이었다는 사실입니다."

레이먼드 챈들러의 편지 한 구절이다. 챈들러 소설의 묘미는 묘사와 대사에 있다. 그런 그의 글쓰기 방식을 선호하지 않은 편집자는 더러 작가의 의향도 물어보지 않고 그 부분을 빼곤 했다. 편집자는 독자들이 오로지 '행동'(결과)에만 주목

한다고 생각했기 때문이다. 그런 편집자나 평론가들에 대한 불만 섞인 예를 들어 챈들러는 저런 편지를 썼다.

챈들러에 백번 공감한다. 우리 삶이 그렇다. 행동의 결과가 모든 의미를 말해주지는 않는다. 소소하게 쌓인 이미지에서 그 의미가 살아날 때가 많다. 예를 들면 오늘 하루 고달프고 힘들었다 치자. 과연 '오늘 하루는 몹시 피곤하고 힘겨웠다.' 이 말로 내 하루를 온전하게 설명할 수 있을까. 이 정도로는 어림없다. 그것은 언젠가는 휘발되고 말 회상이다. 몹시 피곤하고 힘겨운 하루는 오늘만 있는 게 아니기 때문이다.

반면에 풍경으로 남는 이미지는 오래 각인된다. 고춧대를 뽑아내던 엄마의 등 뒤로 번지던 쑥부쟁이 향기, 장날마다 맨발로 신작로를 달리던 애꾸눈 총각의 구멍 난 셔츠, 깜짝 학교를 방문해 내 기를 살려주던 곁방 새댁의 자주색 주름치마, 어스름 안개를 뚫고 어깨동무 잡지를 자전거에 싣고 오던 둘째오빠의 처진 어깨. 이 모든 이미지는 명백한 풍경이 된다. 그 풍경을 되새기면 구체적 이야기가 되고 그것이 곧 삶으로 연결된다. 풍경에서 의미를 찾게 되는 삶.

　거기 고통이 있었고, 거기 환희가 있었다. 이렇게 결과론적 진술만으로 삶이 설명되어지는 건 아니다. 삶의 의미를 되돌아보게 되는 힘은 풍경과 그것을 되살려 내는 묘사에 있다. 작은 클립 하나라도, 묘사의 옷을 입으면 선명한 이미지가 되어 생의 의미로 남는다.

강박은 예술을 낳고

프로이트의 진단에 의하면 레오나르도 다 빈치는 여러 강박증을 지녔다. 해부도에 능한 다 빈치였건만 사랑을 나누는 장면을 그릴 때, 남자 몸은 그토록 세밀하게 표현하면서도 여자 몸은 단순화하거나 왜곡해서 그렸다. 또한 어머니의 장례식 비용조차 강박적이리만큼 세세하게 기록했다. 얼핏 보기에 그의 그런 행동은 어머니의 죽음을 애도하지 않은 것처럼 보이게 한다. 프로이트가 보기에 평범하지 않은 그의 이력은 그가 무엇인가에 억압되어 있기 때문이라고 보았다. 기쁨이나 슬픔 등 인간으로서 누릴 수 있는 평범한 감정조차 이성적인 행동으로 포장할 수밖에 없었다.

서자로 태어난 다 빈치는 일찍이 계모에게 입양되었다. 생모와 함께 했던 짧은 기간에 모자 관계는 지나치리만큼 밀착되어 있었다. 집착적 소유욕으로 맺어진 모자 관계는 다 빈치가 성인이 된 이후에도 다른 여자와 교제하는 데 방해가 되었다. '모나리자'의 미소가 불가해한 것도 이런 이유와 무관하지 않았다. 잡을 수 없고 가질 수 없는 과거에 갇힌 채, 다 빈치는 모나리자 속에서 어머니의 미소를 발견하고자 했다는 것.

소유욕이 강한 어머니 밑에 자란 아들은 강박증을 지니기 쉽다. 어머니로서는 '그녀의 모든 것'인 아들이 완벽하기를 바란다. 어머니의 영향을 받은 아들 역시 성인이 된 후에도 어머니의 기대에 부응하기 위해 고군분투한다. 다빈치의 경우 그런 완벽에 대한 집착 때문에 그림을 왜곡하거나 미완으로 남긴 셈이다.

프로이트의 눈에 비친 그는 성숙한 성인이 아니었다. 그의 의식은 모성과 분리되지 않은 어린아이 상태에 머물고 있었다. 하지만 역설적이게도 강박적 집착이 다 빈치의 예술을 있게 한 원동력이 되었다. 감성과는 멀어 보이는 치밀한 계산과 과학의 방식으로, 말할 수 없는 내면을 예술혼으로 승화시켰다. 예술가의 작품이 강박의 소산물일 수도 있다는 게 이해가 되는 순간이다. 누구나 크고 작은 강박 증세를 지니고 있다. 예술가는 그 씨앗으로 꽃을 피우고, 평범한 이들은 그것이 꽃이 되는지조차 모른다.

히스꽃

"캐시, 히스꽃이 만발한 저 성에서 우리 사랑을 영원히 지켜나가야지, 죽으면 안 돼! 히스클리프, 저 들판 무수히 핀 히스꽃을 한아름 안겨 줘." 에밀리 브론테의 『폭풍의 언덕』은 히스꽃 이미지로 넘실대는 작품이다. 작가들은 작품의 분위기를 살리기 위해 적재적소에 소도구를 장치한다. 그 소품들이 없다면 소설은 밍밍한 이야기에 그치고 만다.

폭풍의 언덕에서 가장 효과적으로 쓰인 소품은 두 말할 것도 없이 히스꽃이다. 야생마 같은 캐서린과 야생초 이미지의 히스클리프를 대변해주는 꽃이기 때문이다. 음울한 구름, 매서운 바람에 이어 폭우가 쏟아지면 반쯤 미친 히스클리프와

제 멋에 겨운 캐서린은 온통 히스꽃 천지인 들판을 맨발로 쏘다닌다. 히스꽃에 대한 그 어떤 정보도 갖지 않았던 사춘기 시절, 내 머릿속의 히스꽃은 김유정 소설의 동백꽃 같은 느낌으로 남아 있었다.

까맣게 잊고 있던 히스꽃을 검색해 본 적이 있다. 절대고독이자 광적인 카리스마를 상징하는 히스클리프란 이름도 실은 히스꽃과 관련이 깊다. '절벽에 핀 히스꽃'이란 뜻에 어울리려면 뭔가 강렬한 포스를 풍길 거라고 생각했다. 인터넷으로 확인해본 히스꽃은 폭풍의 언덕이 아니라, 여염집 울타리에 더 잘 어울릴 꽃 같았다. 하지만 덤덤해 보이는 그 꽃은 보면 볼수록 황폐한 언덕 풍광과 궁합이 맞는 꽃이란 걸 인정하지 않을 수 없게 된다. 음울한 구름과 거센 바람을 견디려면 화려하기보다는 키 낮고, 소박하지만 강인한 꽃이 제격일 터였다.

히스꽃은 에밀리 브론테가 죽는 순간에도 함께 했다. 서른의 그녀가 죽어갈 때, 언니 샬롯 브론테는 구릉에서 꺾어 온

보랏빛 히스꽃을 그녀에게 건넸다. 히스꽃은 캐서린과 히스클리프 뿐만 아니라 그 캐릭터를 창조해낸 브론테에게도 어울리는 꽃이었던 셈이다. 한 번이라도 요크셔 지방의 하워스 무어를 여행하고 싶다. 바람 부는 황량한 언덕에 서면, 드넓게 펼쳐진 들판이 보이고 거기엔 온통 연보랏빛 히스꽃이 만발하겠지. 무리 진 히스꽃 덤불을 배경으로 히스클리프와 캐서린은 여전히 맨발인 채로 저들만의 격정을 발산하고 있을 것이다.

해주길 바라는 대로

인성이 좋은 사람들의 특징은 긍정적인데다 타자에 대한 배려심이 높다. 어떤 상황이라도 좋게 받아들이고, 아주 작은 것에도 타자를 먼저 생각한다. 따뜻한 유머로 주변인들을 웃음 짓게 한다. 귀찮은 기색 없이 인간적인 오지랖을 넓힌다. 그들은 가르치려 들지 않고 다만 이해한다. 성가시다고 피하는 대신 솔선수범한다. 자신보다는 타자의 입장을 우선한다. 모두가 그들을 인정하고 좋아한다. 그렇다고 그들이 인정받고 싶어서 그렇게 행동하는 건 아니다. 몸에 밴 행동이 절로 나오는 것뿐이다.

어느 누구도 가르치려 들거나 잘난 척하는 사람들을 좋아하지 않는다. 너와 내가 다르지 않고, 네 맘을 내가 안다며 공감하는 사람들을 좋아한다. 성경에도 이런 말이 나온다. "그럼으로 무엇이든 남에게 대접 받고자 하는 대로 남을 대접하라. 이것이 법이요, 선지자다." 남이 내게 해주었으면 하는 대로 다른 사람에게 내가 먼저 해주면 된다. 친구를 얻고 싶으면 내가 먼저 좋은 친구가 되어주면 된다. 쉬운 방법 같아 보이지만 실천하기가 여간 어려운 게 아니다. 하지만 역지사지 하는 사람들은 저런 말이 있는지조차 모른 채 다만 주변 사람들에게 진심과 최선을 다한다. 마음에서 우러나지 않으면 불가능한 행동이다.

조선소 현장, 외국 선주가 근로자들을 위해 얼린 음료수를 마당에 부려놓았다. 그 소식을 아는 일부만이 음료수를 마셨다. 지인 한 분은 그 순간 무더위와 씨름하는 동료들 얼굴이 먼저 떠오르더란다. 제 욕심을 차리는 걸로 오해를 받아 감독관과 싸움이 날 뻔했지만, 아랑곳하지 않고 음료수를 상자째 들고 가 동료들에게 나눠 주었단다. 나 같으면 성가셔서, 오해받기 싫어서, 오지랖을 떨기 싫어서라도 내 음료수만 챙겼을 것이다. 음료가 마당에 있으니 가보라는 최소한의 정보나 전하는 정도였을 것이다. 보통 사람들은 부러 악행을 저지르지도 않지만, 적극적 선행도 하지 않는다. 하지만 진정 멋진 사람들은 오해를 받든 말든 적극적으로 타자의 마음을 보듬는다. 그들 반만 따라하자. 오늘도 반성문을 쓴다.

맏딸 콤플렉스

"큰딸은 살림 밑천"이란 속담이 있다. 그 말의 숨은 의미에 대해 깊이 생각해 본 적이 없었다. 친정에서나 시댁에서나 오남매의 막내이다 보니 한 집안의 맏이가 느끼는 의무감이나 부담감이 상상 이상이라는 것을 실감하지 못하며 생활한다. 그들이 느끼는 무게감 못지않게 막내들이 맛보는 피해의식이나 상실감 또한 작지 않다고만 생각했다. 한데 맏딸 입장인 친구 둘과 이야기를 나누다가 얼음주머니로 한 대 맞은 느낌을 받았다.

맏딸에 대한 입장 차이가 그 발단이었다. 내 입장은 오랜만에 집에 온 동생 밥 한 끼 정도는 바쁜 엄마 대신 차려주고,

취직하면 동생 운동화 정도는 사줄 수 있는 게 '누나' 아니냐고 했다. 친구들은 내 말에 정색했다. 그런 생각 자체가 딸을 힘들게 하는 것이라고. 맏딸에게 주어지는 무언의 역할이 어떻다는 걸 경험했기에, 그들은 자신들의 맏딸더러 동생 밥을 챙기라거나 농담으로라도 돈 벌면 동생 용돈 주라는 말 같은 건 하지 않는단다.

가부장적 효 이데올로기에 충분히 노출된 우리의 맏딸들은 엄마가 미리 말해주지 않아도 자신들의 숙명이 어떠하다는 것쯤은 익히 알고 있단다. 맏딸로서 느끼는 의무와 강박에서 쉽게 벗어나지 못한단다. 그러고 보니 큰딸은 살림 밑천이란 말에는 얼마간의 폭력적이고 위압적인 의미가 숨어 있음을 알겠다. 살림 밑천이 될 수 있도록 맏딸은 집안의 조력자가 되어야만 한다는 위험한 뉘앙스를 품고 있음을 부정할 수 없다. 맏딸이 한 집안의 가계를 위해 학업을 포기하고 산업 현장에 뛰어든 예는 흔해도, 맏딸을 위해 희생정신을 발휘했다는 동생들의 미담은 드물지 않던가.

나아졌다 해도 아직 우리 유전 인자 속에는 맏딸의 희생을 당연하게 여기는 인식이 남아 있다. 아주 작은 수고라도 그것을 당연하게 받아들이는 순간 또 다른 피해자를 낳을 수 있다. 부조리한 상황을 감당하는 것만이 맏딸의 자세가 되는 건 아니다. 저항감을 느끼고 표출하는 것은 인간으로서 당연한 권리이다. 아직 늦지 않았다. 힘들고 지치고 억울해하면서도 자신이 아니면 안 된다는 의무감에서 벗어나지 못하는 맏딸들의 상황을 적극 이해하고 공감하는 시각이 필요하다. 맏딸 콤플렉스를 낳게 한 우리 사회의 건강하지 못함에 대해서 제대로 인식하고 바꾸려는 노력에는 지나침이 없다. 이 더위에 의무감과 강박에 시달리는 모든 맏딸에게 평온을!

굿바이는 따뜻하다

EBS에서 방영한 한 편의 심야 영화를 보고 남편은 감동을 받았단다. 다른 일을 하느라 영화를 함께 보지 못했는데 꼭 챙겨서 보란다. 대충 들어보니 나도 충분히 좋아할 영화였다. 우연히 다른 친구가 또 그런 말을 한다. 일본 영화 「굿바이」 는 아끼는 영화 목록 중에서도 최고에 끼우고 싶다고. 그 영화 덕에 사랑하는 사람의 마지막 모습을 손수 단장해서 보내고 싶다는 생각을 했단다. 가까운 사람 두 명이 동시에 영화를 추천하니 더욱 호기심이 생겼다. 도서관에서 가서 당장 디브이디를 빌려왔다.

잘 나가던 첼리스트 다이고는 악단 해체로 실직을 한다. 백

수가 뭘 가리겠는가. 연령 무관, 전공 불문, 고수익 보장이라는 여행 가이드 구인광고를 발견하고 면접을 본다. 바로 합격이다. 하지만 인생사 쉬울 리 없다. 단순 여행사인 줄 알았던 회사는 삶의 마지막 여행을 관장하는 곳 즉 시신을 염하는 데이다. 고상한 첼리스트에서 초보 납관 도우미가 된 그에게 모든 것은 낯설기만 하다. 하지만 다이고는 거북하면서도 묘한 이 일의 매력에 점점 빠져든다. 죽음을 대하는 납관사 이쿠에이의 태도가 찡한 울림을 선사했던 것.

첼로를 만지던 손과 시신을 만지던 손이 어찌 같을 수 있을 것인가. 하지만 끝내 그 두 손은 같은 손이 된다. 이 숭고한 손으로 영화의 마지막 장면에서 누구의 몸을 염습하는지를 지켜보는 순간, 감정선을 놓쳐버린 관람객은 저도 모르게 눈물 짓게 된다. 모든 영화가 스케일이 크거나 반전이 있거나 눈요기를 담보할 필요는 없다. 좋은 영화는 머리가 아니라 그저 가슴으로 먼저 파고드니까.

이 영화를 권한 사람들의 심정이 이랬을까. 마음을 다해 염습하는 자는 아름답다. 그런 이의 손길에 마지막을 맡길 수 있는 행운과 그 모습을 지켜보는 남은 자의 안도에 대해서 생각하게끔 하는 영화가 「굿바이」다. 소리도 없이 사념도 없이 오직 서로에게 집중할 수 있는 저 궁극의 고요함과 깨끗함. 가족과 이웃, 사랑과 미움 이 모든 것은 죽음과 연결되어 있다. 하지만 그 죽음은 결코 허망한 끝이 아니라 경건한 시작이 된다.

하틀리의 바이올린

"내 주를 가까이 하려함은." 영화 '타이타닉'을 생각하면 언제나 떠오르는 선율이다. 어릴 적 예배당 다닐 때를 떠올리면 그 가락은 낭만적 정서를 떠올리게 하지만, 타이타닉에서의 그 현악 4중주 장면은 비감한 숭고함으로 우리를 이끈다.

영화 속에서 연주자들은 약속된 피날레 곡을 신호로 각자의 길을 가기로, 즉 탈출 대열에 끼기로 되어 있었다. 하지만 단원들과 작별인사를 하자마자 바이올린 주자이자 리더인 월레스 하틀리는 탈출하는 줄에 끼는 대신 다시 바이올린을 든 채 배 안에 남는다. 그리고 이어지는 예의 익숙한 선율. 등을 보이고 배 밖을 향해 걸어가는 것도 잠시, 나머지 연주자

셋도 그 바이올린 소리를 듣고는 돌아와 애잔하기 한량없는 '내 주를 가까이' 연주에 동참한다. 위기에 직면해 우왕좌왕하는 승객들의 안타까운 장면을 배경으로, 담대하고도 처연하게 마지막 연주를 하는 그들의 모습은 최고의 영화 장면으로 손색이 없다. 생사를 가늠할 수 없는 극한 상황에서, 공포와 두려움에 떠는 사람들을 위무하는 그들의 이타심은 거룩하다는 말 말고는 달리 표현할 길이 없다.

자발적인 그들의 희생은 실제 상황이었다. 영화 속에서는 4중주 멤버로 나오지만 실제는 8인의 악사들이었다. 리더인 하틀리는 70여 차례나 항해 경험이 있는 여객선 악사였다. 그의 시신이 십여 일만에 발견되었을 때 그의 허리에는 가죽가방에 담긴 바이올린이 묶여 있었다. 약혼자가 선물했다는 그의 바이올린은 몇 해 전 영국의 한 경매에서 15억여 원에 낙찰되었다. 타이타닉 관련 단품으로는 최고가였다. 많은 사람들이 비싼 낙찰가에 놀랐지만 당연한 결과라고 생각한다.

가끔 이승에서의 제 삶을 재생해주는 영상 프로그램이 저

승길 초입에 깔린다면 하고 상상할 때가 있다. 그런 생각이 들 때마다 제대로 살도록 노력해야지 결심하곤 한다. 의식하지 못했던 내 실수와 내 약점은 하느님도 너그러이 봐주시겠지만, 의도한 내 악덕과 졸렬함은 그것이 아무리 작은 것이라 할지라도 용서 받지 못할 것 같기에. 먼 훗날 운이 좋아 먼 발치에서라도 월레스 하틀리를 만나게 되었을 때, 타이타닉 선상에서의 당신 모습이 얼마나 숭고했는지를 눈빛으로라도 전하려면 얼마나 선한 것들을 가슴에 새겨야 할는지. 장마 든 하늘빛만큼이나 맘이 무거워진다.

야생의 나날

장국영은 만우절에 죽었다. 시시껄렁한 거짓말로 하루를 눙치는 대신, 야생의 나날을 살다 간 그를 기억하는 이라면 그가 없는 봄날의 우울과 몽상에 진저리를 칠지도 모른다. 영화채널마다 그를 추모하는 특집이 편성되어 있다. 지금은 「아비정전」 시간이다. 어쩐지 슬퍼 보이는 그의 어깨춤, 발 없는 새의 운명을 예감하고 속옷 바람으로 추던 혼자만의 맘보춤. 엄마의 시선을 느끼면서도 끝내 뒤돌아보지 않고 속울음으로 걸어가는 그. 젊음을 탕진하는 자의 단단한 슬픔 같은 것이 멀어져가는 그의 어깨 위로 내려앉고 있었다.

아비정전은 제목부터 관심을 끄는 영화였다. '아Q정전'이라고 말할 때처럼 정전正傳은 이야기를 일컬으니 곧 '아비 이야기'쯤이 되겠다. 이 제목은 영어 제목에 와서야 제대로 빛을 발한다. Days of Being Wild. 내친 김에 프랑스 제목도 찾아보았다. 프랑스판 DVD 제목은 Nos années sauvages이다. 의미는 영어 제목과 같은데 불어 특유의 엑센트와 발음 때문인지 조금 더 오감이 열리는 느낌이다. 아비정전이라는 한자어 제목이 딱딱한 문어체라면, 영어 또는 불어 제목은 구어체이면서도 날것의 냄새가 난다. '야생의 나날'이라니. 아비(장국영)를 설명하기에 이보다 나은 어구가 있을까.

상처투성이 인간은 사랑을 쉽게 믿지 않는다. 그로 인해 자신뿐 아니라 주변인에게까지 빈 우물 같은 공허를 남긴다. 장국영이 떠났으니 독자인 나는 수리진(장만옥) 만큼이나 습습한 체념으로 그를 추억할 뿐이다. '발 없는 새가 있다지. 늘 날아다니다가 지치면 바람 속에서 쉰대. 평생에 꼭 한번 땅에 내려앉는데, 그때가 죽을 때지.' 아비의 이 독백을 떠올릴 때마다 발 없는 새의 휴식처가 '바람'이었다는 것이 못내 걸린다.

바람의 속성은 공허함이고 그 궁극의 지점에서 지상으로 내딛는 발자국이 죽음이라니. 이 기막힌 메타포를 증명하기 위해 장국영은 그렇게 서둘러 길 떠났나 보다.

아비가 된 장국영은 천국의 꽃밭을 여행 중이고, 그를 잃어 상처만 얻은 수리진들은 이렇게 남아 원망 같은 벚꽃을 노래한다. 웬만하면 4월엔 뒤돌아보지 마라. 야생의 나날에 대한 기억회로 때문에 슬픔 많은 어깨들이 벚꽃 아래 들썩이고 있으리니. 이 글을 읽는 당신 또한 그 그늘 아래 훌쩍이고 있을 것이기에.

바넘 효과

당신은 규율을 지키거나 제약이 따르는 상황을 불만스러워한다. 하지만 원만한 사회생활을 위해 어느 정도의 규칙과 통제는 필요하다고 생각한다. 당신은 지나친 망설임 때문에 좋은 기회를 놓친 적이 있다. 당신은 만족할 만한 증거가 없으면 타인의 의견을 잘 수용하지 못한다. 마찬가지로 당신의 의견을 불편해하는 타인이 있을까 봐 조심하는 편이다.

당신은 내향적이며 과묵한 편이다. 하지만 공감을 확신하는 상대에겐 외향성이 발휘되고, 과감해진다. 한마디로 기회가 오면 충분히 사교적인 사람으로 변모한다. 당신은 가끔 비현실적일 때도 있다. 숨어 있던 진짜 아버지가 나타나 수십

억짜리 건물을 증여한다거나, 현빈 같은 남자가 우주여행을 하자고 프러포즈하는 상상을 하기도 한다. 하지만 실제의 당신은 알뜰하며, 현실에 만족하는 편이다.

독서 지도 프로그램을 짜면서 내 식으로 만든 '바넘 효과' 실험 문항의 일부이다. 누구나 가질 수 있는 보편적 성향이나 심리적 특징을 자신만의 고유 특성으로 여기는 착각이 '바넘 Barnum 효과'이다. 혈액형별 성격 유형, 타로 점, 철학관 사주 등을 믿는 현상이 그 대표적인 사례이다.

오늘 첫 시간에 무작위의 수강생을 상대로 이것을 적용시켜 보았다. 편견이나 선입견에서 벗어난 독서 지도의 중요성을 강조하기 위함이었다. 제시한 스무 개 항목 전부가 자신의 성격과 일치한다고 발표한 사람이 있을 만큼 대체로 바넘 효과가 증명되었다. 하지만 겨우 여덟 개 항목에 체크한 이도 있었는데, 순간 번쩍하고 어떤 깨침이 지나갔다. 대부분의 사람들이 바넘 효과라는 편견에 사로잡혀 있다고 믿고 싶은 나 스스로야말로 편견과 아집에 사로잡혀 있었다는 사실.

철학관의 훈수나 타로 점 같은 것을 믿지 않고 혈액형별 성격 분석에 시큰둥한 나 같은 사람이 있는 것처럼, 모든 사람이 바넘 효과에 적용되는 것은 아니다. 보편타당성의 함정에 잘 빠지지 않는 사람이라고 편견이나 선입견을 극복한 사람이라는 판단적 근거가 될 수는 없는 것. 바넘 효과의 진실 유무를 떠나 세상의 편견에서 자유로울 수 있는 영혼이 된다는 건 너무 어려운 일임을 알게 된 날이었다.

인간적이다

다산 정약용이 해배되자 본인만큼이나 기뻐했던 이들이 강진의 제자들이었다. 그들이 기뻐한 이유는 자유의 몸이 된 스승을 축하하는 의미도 있었지만, 중앙 정계에 복귀하는 스승의 덕을 볼 수 있으리라는 현실적인 계산도 있었다. 본가로 올라갈 스승과 강진에 남을 제자들은 영속적인 관계를 도모하기 위해 모임을 만들었다. 이름하여 다신계茶信契. 모임을 조직한 이유 중 하나는 다산이 강진 유배 동안 마련한 토지와 그곳에서 나오는 소출을 관리하기 위한 것도 있었다.

사람 모이는 곳엔 별별 사람들이 다 있다. 다산을 둘러싼 인적 환경도 크게 다르지 않았다. 제자들도 처음에는 다산이 소유한 강진의 토지를 잘 관리해주었다. 하지만 유배에서 풀려났다 뿐 다산에게는 힘이 없었다. 노론이 득세하는 중앙 정계에서 제자들의 든든한 배경이 되어주지 못했다. 인간적인 한계를 보일 수밖에 없는 다산에게 실망한 제자들은 하나둘씩 떠나갔다. 다신계가 무신계無信契가 되는 순간이었다. 특히 학문적 소양이 뛰어났던 이청(이학래)과의 결별에는 많은 아쉬움이 남는다. 다산의 수많은 저술에 지대한 편집자 역할을 했던 그는 의무만 강요하고 신뢰를 주지 않는 스승을 떠나 추사 김정희의 식객으로 자리바꿈하고 만다.

스승과 제자는 많지만 참된 스승과 제자는 드물다. 스승은 제자를 키우고 제자는 스승을 세운다. 키우고 세우는 일은 쌍그네를 타는 것과 같다. 스승이 무릎에 힘을 실어 그네를 띄우면 제자는 그 기를 받아 온 힘을 모아 그네 키를 높여나간다. 하지만 감당할 수 없는 태풍 앞이라면 그네에서 내릴 수밖에 없다. 태풍이 견딜 만한지 아닌지는 쌍그네를 타는 서로의 운명이 더 잘 안다.

스승으로서 자기 관리에 서툴렀고, 스승 앞에서 미욱했던 다산과 제자들을 보면서 슬픔보다는 이해가 되는 건 왜일까. 아마 학문적 깊이나 인품의 넓이에 상관없이 누구나 약점 지닌 인간으로 살고 있구나, 하는 생각에 미쳤기 때문이리라. 인간적인 너무나 인간적인 사람들, 오늘도 곳곳에서 저마다의 관계 그네를 타고 있다.

오리는 어디로 갔을까

J·D 샐린저의 『호밀밭의 파수꾼』에는 주제와 관련된 몇 가지 인상적인 장면이 나온다. 앤톨리니 선생이 주인공 홀든 콜필드에게 성추행하는 장면, 절벽으로 떨어지려는 아이들을 보살피는 파수꾼이 되고 싶다는 콜필드의 마음이 드러나는 장면, 센트럴 파크 연못의 겨울 오리를 걱정하는 콜필드의 유머 깃든 순정이 깃든 장면 등이 개인적으로 오랫동안 기억에 남는다. 학교 선생의 성추행 장면은 기성세대에 대한 반감을 드러내는 효과적인 묘사로 작동하고, 호밀밭의 파수꾼이 되고 싶어 하는 콜필드의 대사 장면은 그 장면 자체를 작가가 책 제목으로 뽑았을 만큼 순수에 대한 동경을 의미한다. 내가

주목하는 부분은 센트럴 파크의 겨울 오리를 걱정하는 콜필드의 마음이다. "센트럴 파크에 있는 연못을 지나가 본 적이 있으세요? 센트럴 파크 남쪽으로 내려가면 있는 연못이요. 아주 작은 연못이 있어요. 오리들이 살고 있는 곳 말이에요. 오리들이 그곳에서 헤엄을 치고 있잖아요. 봄에 말이에요. 그럼 겨울이 되면 그 오리들은 어디로 가는지 혹시 알고 계세요?"

스쳐 지나는 인연에 지나지 않는 택시 기사 호이트 아저씨에게 콜필드가 한 말이다. 누구나 한번쯤 저런 엉뚱한 의문이 생길 때가 있다. 그런 의문은 동심이 풍부한 어릴 때나, 그것을 잃어버린 어른이 되었을 때나 별 차이 없이 생겨난다. 살다 보면 아주 익숙한 풍경인데 그 풍경이 느닷없이 낯설게 보이고 그 '낯섦'에 급기야 한 점 재기발랄한 의문이 생길 때가 온다.

아주 작은 연못에 오리들이 복작댄다. 봄의 기지개를 시작으로 조금씩 발길질하던 오리는 한여름의 풍성해진 자맥질을 지나 소요 없는 겨울을 맞이한다. 겨울을 맞이한 오리는 더 이상 연못에 머물 이유가 없다. 헤엄칠 물이 다 얼었기 때문이다. 그 많던 오리는 다 어디로 간 것일까. 제비처럼 따뜻한 남쪽나라로 간 것일까, 개구리처럼 겨울잠에 든 걸까. 아주 작은 연못의 겨울 오리떼는 어디로 숨어버린 걸까. 숨은 오리떼를 찾아 나목의 숲을 헤매는 담담한 풍경, 그것이 겨울이란 계절의 존재이유가 아닐지.

사랑 없이는

　모모는 철부지, 모모는 무지개, 모모는 생을 쫓아가는 시계 바늘이다. 한때 유행했던 '모모'라는 노래의 시작 부분이다. 패기만만한 대학생이 부른 데다 반복되는 멜로디와 철학적인 가사 거기다 제목부터 이국적인 느낌이라 당시 젊은이들에게 꽤나 인기 있었던 노래다. 정확한 의미를 모르면서도 이 노래를 곧잘 흥얼거렸던 그때의 기억이 난다. 이 노랫말의 하이라이트는 '인간은 사랑 없이 살 수 없다는 것을 모모는 잘 알고 있기 때문이다'란 부분이다.

　'모모'는 독일 작가 미하엘 엔데의 동명 소설 제목이기도 하고, 프랑스 작가 에밀 아자르의 소설 『자기 앞의 생』에 나오는 주인공 이름이기도 하다. 두 소설 다 모모라는 이름의 주인공이 등장하지만 서로 다른 캐릭터이다. 전자의 모모는 여자아이 이름이며 시간에 관한 이야기라면, 후자에서의 모모는 남자 아이 이름이고 사랑에 관한 이야기이다. 그렇다면 당시 유행하던 이 노래는 미하엘 엔데의 모모에서 따온 것일까, 에밀 아자르의 모모를 말하는 것일까. 노래가 유행하던 당시는 막연히 책 제목과 같은 모모에서 빌려왔거니 여겼다. 인터넷도 없던 시절이고, 책도 읽지 않았으니 그렇게 생각하는 것도 무리는 아니었다.

가사에 '시계바늘'과 '사랑'이란 낱말이 같이 등장하다 보니 모모의 정체가 헛갈리는 것도 사실이다. 하지만 주제 가사에 해당하는 부분을 보면 에밀 아자르의 『자기 앞의 생』에 나오는 모모라는 걸 알 수 있다. 소설 초반, 하밀 할아버지에게 사람이 사랑 없이 살 수 있느냐고 모모가 묻는다. 할아버지는 그렇다고 대답하면서 고개를 숙인다.

소설 후반부에 가면 모모가 다시 할아버지에게 묻는다. 사람이 사랑할 사람 없이도 살 수 있느냐고. 그러면서 모모 스스로 대답한다. "제가 어렸을 때 할아버지가 그러셨잖아요. 사람은 사랑 없이는 살 수 없다고." 깊은 곳에서 올라오는 참기쁨으로 할아버지 얼굴은 환해진다. 사랑을 부정했던 할아버지에게 모모가 사랑을 일깨워준 것. 남은 생 어떤 방식으로 살아야 할 것인가를 고민하는 모모는 결코 철부지가 아니었다.

장갑 낀 시인

적재적소에 맞는 단어를 활용하는 게 쉬운 건 아니다. 하지만 위대한 시인들은 언제나 앞서간다. 나들이 차안에서 라디오를 듣는데, 비장하고 서정적인 시 한 편이 흘러나온다. 폴란드 시인 비스와바 쉼보르스카의 「외국어 낱말」이라는 산문시였다.

간략한 내용은 이러했다. 폴란드는 지독하게 춥다며, 라고 프랑스 여인이 날씨 이야기로 화제를 이끈다. 어쩌면 시인 자신일 폴란드인 화자는 멋들어지게 대답하고 싶었다. 내 조국에는 시인들이 장갑을 낀 채 시를 쓰고, 달빛이 방안을 비출 때 비로소 장갑을 벗는다고. 그들이 쓴 시에는 황량한 부엉이

소리와 바다표범을 기르는 어부들의 노래가 있다고. 꼭 밟은 눈 더미 위에다 잉크 묻힌 고드름으로 서정시를 새긴다고. 물에 뛰어들고 싶은 사람은 직접 도끼로 호수에다 바람구멍을 만들어야 한다고.

하지만 정작 시인은 프랑스어로 '바다표범'이 생각나지 않고 '고드름'과 '바람구멍'도 확신할 수 없다. 그리하여 폴란드 거기는 무척 춥다면서요, 라고 묻는 여인에게 저토록 섬세한 시 대신 '뭐, 대충 그렇죠.'라고 짧게, 얼음처럼 냉랭한 대답을 할 수밖에 없다.

추위를 견디고자 장갑을 낀 채 시를 쓰는 쉼보르스카. 가끔 달빛이 들면 온기에 겨워 장갑을 벗어던지는 여유. 확신에 찬 서정적 눈빛으로 주변 풍광을 노래할 수 있는 시인. 하지만 막상 서툰 외국어로 그것을 설명해야 한다면? 한 편의 짧고 냉랭한 언어로 남을 수밖에. 외국어 낱말로 시적 심상을 표현하는 게 얼마나 어려운가를 시인은 말하고 싶었겠지만, 나는 바람결처럼 자유자재로 언어를 다루는 그녀의 서정적 확신

에 심장이 떨려왔다. 추위를 견디며 시를 쓰던 쉼보르스카를 상상하느라 서툰 외국어 때문에 소통에 힘겨워하는 그녀는 뒷전일 정도였다. 모국어로 충분히 좋은 시를 썼으니 까짓것 외국어 낱말에 좀 서투르면 어떤가.

평범한 우리말 단어 하나도 제대로 부리지 못하는 건 내 안의 정서가 외국어 낱말처럼 서툴기 때문은 아닐지. 두껍게 언 마음 호수에다 도끼로 바람구멍 한 점 내고 싶다. 그리하여 장갑 낀 쉼보르스카 여사처럼 내 안의 바다표범과 고드름을 맘껏 불러내고 싶다. 은밀한 결구로 화룡점정 하나 찍지 못하는 불면의 밤이 또 가고 있다.

성찰이 필요한 이유

악은 멀리 있지 않다. 악은 특별하지 않다. 악은 평범하다. 독일 철학자 한나 아렌트의 전언이다. 아렌트 여사의 『예루살렘의 아이히만』이 쉽게 읽힐 거란 내 예상은 빗나갔다. 유대인 학살의 핵심 책임자 아이히만의 전범 재판 방청기로 알려져 있는 이 책은 단순한 기고문이 아니었다. 철학자의 글답게 시종일관 심오한 문투이다. 호기심이나 흥미에 호소하는 것이 아니라 분석적이고 논리적인 내용이다 보니 대중성과는 얼마간 거리가 있다.

몰입이 잘 되는데도 금세 읽을 수 없는 것은 공감이 가는 장면마다 생각이 가지치기를 하기 때문이다. 그 상황, 그 환경에서 아이히만과 다를 수 있는 자가 과연 몇이나 될까. 삼라만상 그 무엇을 규정하거나 판단한다는 것이 인간에게는 얼마나 이율배반적일 수 있는가. 내 안의 선이 그리 특별하지 않듯, 내 안의 악 또한 그러하거늘 왜 우리는 타인의 악행에만 그토록 분개하는 것일까. 이런 생각들이 꼬리를 문다.

이 책이 그토록 회자되는 건 단연 부제 때문이다. '악의 평범성에 관한 보고서'라고 대놓고 결론 지어 말한다. 제2차 세계대전이란 특수성을 감안하지 않더라도 인간 보편성의 기저에는 악의 평범성이 자리 잡고 있다는 게 한나 아렌트의 주장이다. 보통의 악, 평상의 악이라니 섬뜩한 면도 없지 않지만 그리 틀린 말도 아니다. 절대의 선, 객관의 선을 행사할 수 있는 자는 이 세상 어디에도 없다.

재판을 방청한 그녀의 눈에 비친 아이히만은 평범한 사람이었다. 그는 직책과 명령에 충실한 평범한 직장인이었을 뿐, 어디에도 못된 학살에 집착하는 악의에 찬 미치광이는 아니었다. 그가 죄책감을 느끼지 않았던 건 '무능성' 때문이었다고 아렌트는 짚어낸다. 판단의 무능은 사고와 성찰이 부족할 때 생겨난다. 악의 평범성이 문제가 아니라 그것의 지속을 경계할 수 있는 사고 체계가 확립되지 않은 게 문제라는 말. 악에 대한 보편적 통찰이 철학적 사유의 반성으로 거듭 확장되어야 하는 이유. 그것이 한나 아렌트가 아이히만을 통해 말하고자 하는 핵심이 아니었을까.

승자도 패자도 아닌

한 남자가 있었다. 그에게는 세 명의 불알친구도 있었다. 그 중 전학생이었던 한 친구는 독보적인 존재였다. 모범적이고 지적인데다, 자기 세계관이 분명했다. 하루아침에 그는 친구들을 사로잡았다. 남자를 비롯한 세 명은 속으로 자신만이 이 친구와 더 친하다고 생각했다. 싱클레어에게 데미안이 있었듯이 남자를 비롯한 그들에겐 이 친구가 있었다.

고등학교를 마친 그들은 뿔뿔이 흩어졌고, 남자는 한 여자를 사랑했다. 그 여자도 남자를 사랑했는지 남자는 확신할 수 없었다. 모호한 태도에 질려 헤어지게 되었다. 얼마 뒤 데미안 같은 친구가 그 여자와 사귄다고 편지로 알려왔다. 그래도 되냐는 친구의 자문에 남자는 자신에겐 지난 일이니 괜찮다고, 대신 그 여자를 조심하는 게 좋겠다는 선에서 답장을 보냈다. 얼마 뒤 친구가 자살했다는 소식이 날아들었다. 친구의 사연을 아는 사람은 아무도 없었다.

사십 년 세월이 흘렀다. 남자는 여자에게서 편지 한 통을 건네받는다. 젊은 시절 친구와 여자가 사귀게 되었다는 소식을 들었을 때, 자신이 친구에게 보냈던 편지였다. 남자가 기억하는 내용은 위에서 말한 '사귀어도 상관없고, 조심만 하면 될 것'이라는 정도의 상식적이고 건전한 수위였다. 하지만 편지를 읽은 남자는 충격에 휩싸였다. 잊고 지낸 진실을 마주하게 된 남자의 당혹감이란! 편지 내용은 스포일러가 되니 말하지 않겠다. 다만, 이 편지 하나로 다음과 같은 통찰에 이르게 된다는 건 말하련다.

우리의 기억은 온전히 믿을 게 못 된다는 것. 기억이란 얼마나 조작될 수 있으며 얼마나 부분적이며 얼마나 조각난 것인지를. 환경적 심리적 요인에다 시간이 더해지면 그 기억이

얼마나 다양하게 변주되는지를. 소설 『예감은 틀리지 않는
다』 이야기이다. 작가 줄리언 반즈가 안내하는 명제는 이렇
다. '역사란 불확실한 기억이 불충분한 문서와 만나는 접점에
서 이루어지는 확신'이라고. 승자도 패자도 아닌 '찌질한' 남
자 주인공, 그가 바로 우리 개인 역사를 이루는 자화상임을
환기시킨다.

롤리타

　아무 것도 말하지 않을수록 좋은 소설일 때가 있다. 섣부른 작가의 입김이 책이란 유리창에 서려, 책장을 넘기는 독자의 눈을 흐리게 한다면 이는 독자를 배려한 소설은 못 된다. 작가는 쓰고 독자는 읽기만 하면 되는 소설. 의도하는 바가 없기에 변명할 필요도 없고, 바라는 바 없기에 훈수 둘 일도 없는 소설. 쓰는 이는 단지 그것을 끝낼 궁리만 하고, 읽는 이는 묵묵히 마지막 장이 오기만을 바라는 그런 소설. 질문하지 않았으므로 답할 필요가 없고, 설혹 질문을 하더라도 판단유보로써 독자의 권리를 누릴 수 있는 소설. 이런 소설은 나를 매혹시킨다. 『롤리타』가 내겐 그랬다.

롤리타는 소설을 빙자한 산문시이고, 험버트를 가장한 작가 나보코프의 심미적 고백록이다. 흠잡을 데 없는 산문적 글쓰기는 시종일관 균질한 농도로 독자를 사로잡는데, 소설은 메시지나 내용이 아니라 오직 이미지와 문장으로 승부한다는 사실을 유감없이 보여준다. 하지만 시대를 앞선 작가로서 부도덕한 작가 의식에 대한 세간의 비난을 의식했을까. 전통적 액자 기법으로 그 혐의를 피해가려 한 것은 썩 내키지 않는다. 설계도가 필요 없을 만큼 첫 글이 다음 글을 몰고 간다. 그 글 장단이 숨 막히도록 독자를 압도하는데 작가는 왜 소심하게도 부채감, 이를테면 작품성에 대한 일말의 회의를 가졌을까.

천상인 그곳에서도 나보코프가 대중의 눈치를 보고 있다면 그의 글쓰기 방식을 이해하려는 독자가 지상에는 널려 있음을 전해주고 싶다. 작가 입장에서는 소설은 시작하면 끝내야 할 심리적 그 무엇일지도 모른다. 정신노동의 범주에 속하는 소설 작업을 통해 작가는 심연의 경계에서 솟구치는 말들을 무한 발설하고픈 욕구에 휩싸인다. 그것이 단순한 욕구로 끝나지 않고 예술성을 확보하려면 독자보다 심리적 심미적 우위에 있어야 한다. 거기엔 독자를 가르치려는 위선도, 자신을 과장하려는 위악도 필요 없다. 그 어떤 것에도 휘둘리지 않는 작가의식만 있으면 된다. 도덕과 교훈과 감동 그 모든 것을 넘어서는 입체적 인생의 질문지, 소설은 그런 것이어야 한다. 그런 의미에서 『롤리타』는 썩 매혹적인 소설이다.

숨그네를 탔어

　몽환적이며 비약적인 문체로, 직설적이고 사실적인 얘기를 쓸 수 있을까. 적어도 헤르타 뮐러를 만나기 전까지는, 아니 그녀의 『숨그네』를 읽기 전까지는 그런 의문을 가졌다. 끝간 데 없는 고통과 헤어날 수 없는 허기의 순간을 저토록 낯선 말들의 조합으로 완성해낸 작가는 흔치 않다.

　누군가 이 책이 재미있느냐고 묻는다면 '아니'라고 답하겠고, 누군가 이 책이 좋은 책이냐고 묻는다면 '글쎄'라고 얼버무릴 것이다. 하지만 누군가 이 책에 밑줄을 긋고 싶으냐고 묻는다면 '그렇다'라고 말할 것이고, 누군가 이 책을 소장하고 싶으냐고 묻는다면 '물론'이라며 웃어주겠다. 불친절하

고, 에두르고, 솟구치고, 앞서가는 문장들의 너울에 독자는
속수무책으로 헤맬 수밖에 없다. 망망대해에서 구해줄 조각
배 한 척 없이 허우적거리는데도 맛보는 쾌감이랄까.

2차 세계대전 당시 소련군 수용소에 붙들려간 열일곱 살
독일 소년의 시선으로 써내려간 취재기적 소설은 서늘한 산
문시로 읽힌다. 사실적 경험담이 시적, 몽환적 기법의 옷을
빌려 입었기에 그 아우라가 직설적으로 나타나는 건 아니다.
아픔을 아프다고, 배고픔을 배고프다고 호소하는 건 진부하
다. 아픔이 '숨그네'가 되고 허기가 '배고픈 천사'가 되는 메
타포를 거치고서야 낯선 언어들이 펼치는 정직한 실존은 되
살아난다.

수용소 생활의 조각보 같은 일상이 구체적 이미지로 승화
되었음에도 부분적으로 난해하게 읽히는 건 그녀의 문체 때
문이다. 핍진한 일상에다 작가는 자신만의 언어 유희로 부조
화의 조화를 그려낸다. 그녀가 조합한 언어는 다소 생뚱맞고
이질적이다. 극한 생존 조건에서 굶주림과 수치심을 경험한

사람의 심리는 평범한 형태의 문장으로 이끌어내기엔 너무 직접적이라 고통스러웠을지도 모른다. 연결될 것 같지 않은 단어들의 조합은 오히려 시적인 율격과 신선한 리듬감을 선사한다. 갇히고 억눌린 자의 통점이 터지면 심연에서부터 발작이 일어난다. 그때의 글은 불친절한 수사나 애매한 덫에서 자유로울 수 없게 된다. 그 덫들이 낳은 언어유희가 쉼 없이 독자들을 끌었다 놓았다 한다. 묘한 그 이끌림 덕에 '헤르타 밀러' 또는 '숨그네'가 독자들 사이에서 자주 회자되는지도 모르겠다.

명랑

'명랑'의 사전적 뜻은 '1. 흐린 데 없이 밝고 환하다. 2. 유쾌하고 활발하다.'이다. 한데 날씨가 명랑하다, 라는 말은 잘 쓰지 않는 걸로 보아 요즘에는 후자의 뜻으로 정착되고 있음을 알 수 있다. 하지만 일제강점기 때의 '명랑'은 지금과는 다른 의미로 쓰였다.

작가 소래섭의 강연을 들은 후 그 사실을 알았다. 그의 몇몇 저서 중 단연 관심 가는 것은 『불온한 경성은 명랑하라』이다. 작가에 의하면 적어도 일제강점기 때의 '명랑'이라는 낱말은 지금의 '유쾌하고 활발하다'라는 의미와는 좀 더 다른 의미로 쓰였다. 오늘날의 '건전', '모범' 등의 단어로 대체할 수 있는 말이 명랑이었다. 하지만 그 숨은 뜻은 '체제에 길들임', '불온함을 용납 못함' 등이었다. 따라서 통치 권력의 입맛에 맞는 시민 길들이기가 당시의 '명랑'이란 말의 가장 적절한 쓰임새였다.

급격한 사회 변화로 인한 여러 문제를 해결하기 위해 조선 총독부는 '도시 명랑화'라는 명분의 슬로건을 내걸었다. 그들 기준에서 벗어나는 모든 것들을 퇴치하는 것이 경성 명랑화의 주된 모토였다. 명랑한 것이 아니면 모두 없애라! 거리 방역사업에 몰두하고, 분뇨 정비 사업을 벌였으며, 이만 명이 넘는 걸인 퇴치에 사활을 걸었다. 길들여진 모범 학생을 만드는 데 집중했으며, 대중매체를 통제했다. 불온한 모든 행위를 퇴출함으로써 불온하기(?) 그지없는 경성 전체를 명랑화 사업에 동원했다.

강요된 건전과 부자연스런 절제가 '명랑'이란 말로 포장되었던 당시 의식이 오늘날에 와서 완전히 고리를 끊었다고는 할 수 없다. 경성의 불온함을 허하지 않았던 것처럼 아직도 우리 사회는 개별자의 건전한 불온을 허락하지 않는 경직된 구조이다. 프랑스와즈 사강이 말했던가. 사회에 민폐를 끼치지 않는 선에서 나는 나를 파괴할 권리가 있다고. 통제를 위한 명랑이 아니라 개방을 위한 명랑일 때 '명랑'이란 말의 순도 높은 진정성이 담보된다. 그때나 지금이나 그다지 명랑하게 쓰이지 않는 명랑이란 말의 씁쓸함!

화초 바틀비

화초에 물을 준다. 같은 아침 햇살을 받건만, 산세베리아나 고무나무는 생기발랄하기만 한데, 앤슈리엄이나 옥잠화는 사시사철 풀이 죽어 있다. 새치름하니 생기 잃은 화초들은 생명에 지장이 있는 것은 아니다. 그래도 애가 쓰인다. 날짜 맞춰 알맞게 물을 주고, 자리 바꿔 가며 바깥바람도 들여 보지만 싱싱함을 되찾지는 못한다. 신경을 쓰면 쓸수록 '활기 찾을 의향 없음'이란 거부의 표시인양 잎맥을 늘어뜨린 채 애간장을 녹인다.

삶이란 은근한 저항과 뭉근한 연민의 관계망일 때가 있다. 허먼 멜빌은 『필경사 바틀비』를 통해 이러한 수동적 저항과 피로한 연민이 빚어내는 알레고리를 짚어내고자 했다. 변호사는 온건하게만 보이는 필경사 바틀비를 고용했다. 웬일인지 바틀비는 사흘째부터 '안 하는 편을 택하겠다.'는 말로써 글씨 쓰기를 거부한다. 고용주의 잘못을 따지는 적극적 반항이 아니라, 바틀비는 그저 안 하는 편을 택하겠다는 소극적 저항을 고수한다. 해고 통보에도 끄떡없이 자리를 지키는 바틀비를 피해 변호사가 사무실을 떠나는 지경에 이르고, 바틀비는 결국 구치소에서 식음을 전폐하다 죽음을 맞이한다.

 '하고 싶지 않아요.'가 아닌 '안 하는 편을 택하겠습니다.'는 말은 을인 필경사가 갑인 변호사에게 할 수 있는 최대의 의사 표현이었다. 평범한 변호사 입장에서는 바틀비의 수동적 저항이 처음에는 당혹스럽다가 나중에는 부담스럽기만 하다. 작가 멜빌은 필경사 캐릭터를 통해 어떤 말을 하고 싶었을까. 가엾은 바틀비를 통해 자비를 베푸는 척하지만 실제는 노동 착취를 일삼는 고용주에 대해서 말하려 했을까. 어쩌면 악의 없이 저항한 바틀비를 연민하면서도 변호사 또한 그

럴 수밖에 없다는 비의를 숨긴 것은 아니었을까. 그리하여 서
로 처한 입장이 다르면 파국을 맞이할 수밖에 없다는 것을 말
하고 싶었을까.

누구에게나 각자의 영역이 있다. 어떤 경우라도 타자가 상
대의 울타리 깊숙한 곳까지 이해하기는 힘들다. 가끔 한쪽은
제 아픔이나 고통을 소극적 반항으로 어필하다 쓰러지고, 다
른 한쪽은 그 한쪽을 연민하고 지켜보다 지친다. 나와 화초도
그렇다.

톱밥은 계란이다

예술가는 다르게 보는 자이다. 당연한 걸 지당하게 말씀하는 걸로는 종교서적이나 좋은 생각을 나누는 잡지로도 충분하다. 휴지는 휴지통에, 불난 데는 물길을, 산은 산이요 물은 물이로다 뭐 이런 얘기와 멀수록 예술가에는 가깝다. 예술가들은 생래적으로 아웃사이더 기질이 선명한 자들이다.

콜린 윌슨은 평론집 『아웃사이더』의 자전적 후기에서 이렇게 말했다. '아웃사이더의 근본 문제는 일상 세계에 대한 본능적인 거부이며, 그 일상의 세계가 무언가 지루하고 불만족스럽다고 느끼는 데에 있다. 마치 최면술에 걸린 사람이 톱밥을 계란이나 베이컨이라고 믿으면서 먹고 있는 것처럼.'

톱밥을 계란이나 베이컨으로 생각할 정도로 몽롱하거나 엉뚱한 상태가 되어야 아웃사이더의 대열에 낄 수 있고, 그럴 때 그들은 진정한 예술가의 반열에 오를 수 있다. 이십대 초반의 노동자 콜린 윌슨이 처녀 평론집 하나로 온 세계를 강타한 것은 그 자신이 오롯한 아웃사이더였기에 가능했다. 그 어떤 정치적 사회적 여건에 휘둘리지 않고 끊임없이 읽고 무한정 자료를 수집했다. 그 연장선에서 방대한 기록에 매진했다. 그 자신이 아웃사이더가 아니라면 이뤄낼 수 없는 작업이었다.

카뮈에서 니진스키에 이르기까지 실재했던 아웃사이더를 연구하는데 그의 젊음은 치명적 약점이 될 수 있었다. 쾌락의 유혹과 가난의 절망을 동시에 이겨내며, 저토록 이른 나이에 인간은 무엇인가에 대해 필사적으로 청춘을 투자했다. 그 자체만으로도 콜린 윌슨은 불가사의한 예술가로 각인되기에 충분하다.

아웃사이더들은 세속적인 성찰을 거부한다. 자발적이고도

정신적 노역을 즐기는 그들에게 이 세상은 무가치하기에 저항할 만한 사유가 된다. 시인이나 사상가들이 평범함을 넘고, 실재하는 세계를 거부하는 몸부림을 치는 이유가 여기에 있다. 그들에게 일상적인 삶은 진정한 삶이 아니라 표류이다. 떠도는 바다 위의 군중을 본래적 단독자의 삶으로 환원시켜야 한다는 의무가 강할수록 그는 아웃사이더에 가깝다. 톱밥이 계란으로 보이는 아웃사이더들의 저항이 거셀수록 예술은 발전한다.

아브락사스

『데미안』의 소주제는 '알 깨고 나오기'이다. 싱클레어가
보낸 새 그림 편지에 대한 답으로 데미안은 다음과 같은 쪽지
를 준다. '새가 알에서 나오려고 싸운다. 알은 곧 세계이다. 태
어나려고 하는 자는 하나의 세계를 파괴해야만 한다. 그 새는
신을 향해 날아간다. 그 신의 이름은 아브락사스다.'

싱클레어는 헤세의 신학교 시절 분신으로 보아도 무방하
다. 그 시절 헤세는 선과 악, 신과 악마, 밝음과 어둠 등 이 세
상을 이분법적인 세계로 나누는 것에 대해 염증을 느끼고 있
었다. 예민하고 조숙한 신학생은 그것에 대한 대안으로 아브
락사스를 끌어들였다. 좋은 생각, 신에 대한 의지, 도덕적 잣

대 등이야말로 세상을 트집 잡고 인간 내면을 옭아매는 파괴자가 될 수 있다고 보았다. 그 역발상으로 악덕의 세계를 다른 한 세계로 인정해야 하며, 선의 못지않게 그것 또한 인간을 지배하는 관념이 될 수 있다고 보았다.

금기 어린 내면적 모든 도전은 아브락사스로 불릴 만하다. 저급한 욕망과 성스런 영혼 따위로 인간을 나눌 수 있을 것인가. 이런 경직된 사고를 대신해 선과 악이 공존하는 세계를 아브락사스에 담아내고자 했다. 젊은 음악가 피스토리우스를 만나 싱클레어는 그 세계에 대해 많은 것을 주고받는다. 피스토리우스가 음악을 하는 건 단지 음악은 윤리적이지 않기 때문이다. '싱클레어, 많은 사람들이 가는 길은 편할 테지만 우리가 가는 길은 험난할 거야. 그래도 한번 가보지 않을래?' 이렇게 자신만의 세계를 알리는 피스토리우스도 싱클레어가 보기엔 낡고 현실적인 사람으로밖에 보이지 않았다. 싱클레어로서는 자신의 내면세계를 구원하는 데에 완전한 답을 주지 못하는 피스토리우스와 결별할 수밖에 없었다.

싱클레어는 마음에서 우러나는 대로 실행하고자 했다. 길들여진 훈계, 윤리적 죄책감 등에 쌓여 있는 한 아브락사스는 영원히 만날 수 없다. 밝음과 어둠, 신과 악마, 좋고 나쁨 이 모든 이분법을 버리고, 신인 동시에 악마인 세계를 향해 제 영혼의 날개를 단 모든 것들이 싱클레어에게는 아브락사스였던 것.

카뮈와 사르트르

카뮈와 사르트르가 결별하게 된 가장 큰 이유는 정치적 견해 차이 때문이었다. 마르크스주의에 다가간 사르트르는 공산주의와의 연합을 꾀했다. 하지만 공산당에서 탈퇴한 뒤 도덕적 대원칙에 충실했던 카뮈는 사르트르의 이러한 노선에 염증을 느꼈다. 사르트르는 어느 순간 카뮈를 '완전히 참을 수 없는 사람'으로까지 여기게 되었다. 게다가 카뮈에 대한 부정적 이미지를 간직할수록 자기 자신을 그와는 반대의 이미지로 규정하려 애썼다. 한 때 카뮈를 열렬히 북돋워주었던 사르트르를 생각한다면 큰 변화가 아닐 수 없다.

카뮈가 스승 그르니에의 저서 『섬』 서문에서 '의식은 예외

없이 다른 의식의 죽음을 추구한다.'고 사실상 사르트르를 도발했을 때, 사르트르는 희곡 『닫힌 방』을 빌려 '지옥, 그것은 타인들이다.'라고 맞받아쳤다. 카뮈는 진리에 반대되는 것들에 많은 지식인들이 매혹되었다는 것을 사르트르에 빗대 경고한 것이었고, 빈정대기 좋아하는 사르트르는 이런 카뮈의 행동을 인정할 수 없었다. 추도사에서조차 사르트르는 '당신은 완전히 참을 수 없는 사람이기는 하지만 여전히 나와 가까운 사람'이라고 말했다. 카뮈로선 모독적인 애도사를 얻은 격이었다.

노벨문학상을 거부한 사르트르의 표면적 이유는 그 상이 냉전의 도구가 되어버렸다는 것이었다. 하지만 먼저 그 상을 받은 카뮈를 의식한 점도 없지 않았다. 카뮈가 '정의보다 앞에 있는 내 어머니'라는 수상 소감과 함께 상금으로 집을 산 것과는 다른 방식이어야만 했다. 깊은 속은 알 수 없지만, 알제리의 가난한 집안 출신인 카뮈와 파리의 유복한 가정 출신인 사르트르. 그 둘은 딱 그만큼의 다른 행보를 보여주었다.

누가 더 옳고 매혹적인가의 문제와는 상관없이 당대의 석학 둘이 이런 논쟁을 벌일 수 있는 환경이 조성되었다는 것만으로도 부럽고 흥미 있다. 신념에 따라 갈등하는 두 맞수의 삶이 더할 나위 없이 인간적이라는 데에 묘한 위안과 쾌감을 느낀다. 위대하든 평범하든 사람은 어쩔 수 없이 갈등하며 성장하는 존재인 것을.

애도의 방식

누군가 말했다. 어머니가 돌아가셨을 때 눈물이 거의 나오지 않았다고. 내가 아는 한 그녀는 효녀였다. 오랜 병구완을 한 이도, 임종을 지킨 이도 그녀였다. 나는 안다. 그녀는 눈물을 흘리지 않은 게 아니었음을. 어머니를 보살피면서 이미 숱하게 울었기 때문에 더 이상 흘릴 눈물조차 남아 있지 않았던 것.

눈물과 애도는 크게 상관이 없다. 눈물을 많이 흘린다고 애도가 깊은 것도, 눈물을 흘리지 않는다고 애도가 얕은 것도 아니다. 애도의 양상은 다양하기 그지없다. 애도란 그 대상과 나만이 가질 수 있는 독특한 심리적, 정서적 상태를 기반으로

하기 때문이다.

롤랑 바르트의 『애도일기』를 읽는다. 어머니에 대한 애도 단상집이다. 사진으로 어머니를 추억한 『밝은 방』을 읽었을 때처럼 마음의 과녁 중심에 화살을 맞은 기분이다. 스물셋에 전쟁 과부가 되어 일흔넷에 죽은, 그의 모든 것이었을 어머니를 작가는 애도한다. 노트를 네 조각내 만든 메모지에다 마음 깊은 곳에서 우러난 어머니에 대한 단상을 이어간다. 이 년에 걸친 그의 일기는 어머니에게 다가가고자 하는 작가의 내밀한 어록이다.

어머니를 모티프로 한 문학적 완성품, 이를 테면 소설을 생각하면서 바르트는 메모를 했을지도 모른다. 하지만 어머니에 대한 애도가 최우선이었기 때문에 그 글이 문학이 될까봐 경계했다. 그러다가도 결국 문학이 될 거라는 자기모순을 예감하기도 한다. '내 말들이 문학이 되지는 않을 거라는 사실에 대한 자신이 없기 때문에. 그런데 다름 아닌 문학이야말로 이런 진실들에 뿌리를 내리고 태어나는 것임에도 불구하고.'

라고 적는다.

그의 의도가 어땠는지는 상관없이 애도일기는 그 자체로 문학적 성과물이 될 수밖에 없는 운명을 지녔다. 애도일기가 그 어떤 다른 형태의 문학 작품으로 가공되지 않았다는 사실이 독자로서는 얼마나 다행인지. 교통사고 후유증으로 그의 죽음이 앞당겨지지 않았더라면 그의 애도일기는 가다듬어진 문학 작품으로 재탄생 되었을지도 모른다. 완성된 문학작품보다 때로는 날것의 육성이 더 가슴을 후벼 팔 때가 있다. 온전히 일기로만 살아남은 롤랑 바르트의 애도일기를 읽는 밤의 정취.

오랜 강도 흐른다

그 여자 까칠하다. 다른 사람에게 절대 잘못했다는 말을 할 줄 모른다. 착하디착한 남편에게도 그런 말을 해본 적이 없다. 사랑한다는 말은 많이 들었지만 그 답례를 할 겨를도 없이 남편은 저세상으로 떠났다. 대범하고 빈정대는 이면에 여리고 따스한 감성을 지닌 여자는 제 성격대로 상처 주고 상처 받기를 반복한다.

여자에게 남편의 죽음보다 더한 슬픔은 유일한 혈육인 아들의 무관심이다. 우울증 앓는 아들은 재혼한 아내와 정신과 상담을 받고 있는 중이다. 담당의는 이 모든 상처는 엄마로부터 기인한다는 진단을 내린다. 여자의 악다구니와 매질, 냉소적 태도가 아들의 트라우마가 될 줄 그때는 아들도 엄마도 알지 못했다.

우연한 계기로 여자는 한 남자를 알게 되었다. 하버드대 출신의 남자는 잘난 척에다 오만한 것으로 마을엔 알려져 있다. 하지만 그 여자, 데이트를 거듭할수록 남자에게 끌린다. 단 한 번도 그 잘난 대학 출신이라는 걸 입 밖으로 낸 적이 없다. 역시 겪어보지 않은 모든 것에는 판단 유보가 필요해, 라고 여자는 중얼거린다. 동성애자인 딸과 절연한 사연을 털어놓는 남자에게 여자는 깊이 공감한다. 여자 또한 삐걱대는 모자 관계를 유지하고 있지 않은가.

여자의 유일한 희망은 죽을 때 숨이 금세 끊어지기를 바라는 일. 남편의 죽음과 희망 없는 아들과의 관계 앞에서 그녀가 바라는 건 그뿐. 하지만 남자를 만날수록 생의 활기를 얻는 아이러니. 의외로 보수적 정치 성향인 남자에게 실망하기도 하지만 아픈 남자가 여자를 기다린다는 것을 알고는 최선을 다해 달려간다.

정서적 심리적 가해자이면서 피해자인 두 노년의 눈빛은 적요하고 따스하다. 삶은 완벽하지도 아름답지도 않기에 맞잡은 두 손이 필요한 것. 여자는 아직은 세상을 등지고 싶지 않다. 늙은 소도 쟁기질할 수 있고, 오랜 강은 안으로 깊이 흐른다고 생각한다. 여자 나이는 일흔넷이고, 이름은 올리브 키터리지. 통찰 깊은 소설가 엘리자베스 스트라우트가 쓴 동명 소설의 주인공이다.

에포닌의 바리케이드

모든 혁명은 미완이다. 영원히 성공할 혁명이라는 건 애초에 있을 수 없다. 혁명의 속성은 지속적인 데다 언제나 큰 희생을 요구한다. 지금도 어디선가 혁명은 일어나고, 누군가는 혁명을 꿈꾼다. 혁명은 민중들 삶과는 떼려야 뗄 수 없는 처절한 자기 구원법이다. 그런 의미에서 빅토르 위고가 『레 미제라블』에서 실패한 혁명인 1832년의 공화파 청년들의 봉기를 소설적 모티프로 삼은 것은 당연한 것인지도 모른다.

레 미제라블 열풍에 편승해 영화와 국산 뮤지컬 둘 다를 보았다. 수많은 등장인물들 하나하나에 애정이 가지만 감정이입이 가장 잘 되는 인물은 단연 에포닌이었다. 그녀는 짝사랑하는 마리우스를 대신해 죽음을 자처한다. 하지만 마리우스의 애도는 애석하게도 남녀 간의 애정이 아니라 인간애적 연민에 머물고 만다. 그의 맘에 코제트가 차지하고 있기 때문에 이성 간의 사랑이 될 수 없었던 것. 영화와 뮤지컬에서 에포닌의 경우, 지고지순한 사랑과 희생에 초점이 맞춰져 있다. 다층적 심리를 표현한 소설과 달리 아무래도 두 매체에서는 감동을 얻어내기 위한 장치로 에포닌의 캐릭터를 활용할 수밖에 없었을 것이다.

혁명과 사랑을 동시에 꿈꿨던 에포닌이란 바리케이드가 없었다면 마리우스와 코제트의 사랑이 이루어졌을까. '불쌍한 사람들'의 대표 아바타이자 장발장의 마스코트인 코제트보다 에포닌에게 더 눈길이 가는 건 그녀의 이미지야말로 아름다운 민중의 표본이기 때문이다. 혁명은 높은 곳의 생각이 아니라 낮은 곳의 행동으로 그 임무가 완수된다. 혁명과 사랑의 희생양이 되었으면서도 그걸 최대의 행복이라 여긴 에포닌을 마음껏 애도해주고 싶다.

비가 오면 도로는 은빛으로 반짝일 테고, 강물엔 도시 불빛이 아롱진다. 별빛에 나무는 빛나고 아침이 올 때까지 에포닌은 길을 걷는다. 하지만 이 모든 것은 에포닌의 희망일 뿐, 세상은 낯설고 마리우스는 잘 살 것이며 혁명 또한 계속될 것이다. 죽어서도 희망을 버리지 않은, 그녀의 빗속 아리아 on my own이 계속해서 환청으로 들린다.

도나도나 그리고 존 바에즈

「도나도나」란 포크송은 반전反戰 가수 존 바에즈가 불러 유명해졌다. 구슬픈 가락의 그 노래는 그녀가 처음 부른 건 아니다. 유태인 작곡자와 작사자가 따로 있고 곡에 얽힌 사연도 있다. 2차 세계대전 당시 홀로코스트에 희생된 유태인 이웃을 은유적으로 표현한 노래라고 알려져 있다. 마차에 실려 어딘가로 끌려가는 송아지의 슬픈 눈은 맥없이 수용소로 잡혀가는 유태인들의 비참한 상황을 가리키리라.

도나도나를 들을 때마다 가사에 나오는 송아지, 제비, 바람, 농부의 이미지가 하나의 그림처럼 떠오른다. 속박된 송아지의 슬픈 눈앞에는 가없이 자유로운 바람의 웃음 – 어쩌면 비웃음일지도-과 맘껏 나는 제비의 날갯짓이 펼쳐진다. 송아지로서는 부럽기만 하다. 그런 송아지의 눈빛을 보는 달구지 주인인 농부가 말한다. 억울하면 날개 달고 제비처럼 날아보지 그랬니. 자유가 소중하다면 나는 법을 배우라고.

훗날 기타 든 존 바에즈가 이 노래를 자기화하여 불렀을 때, 비폭력 저항 및 자유에 대한 상징의 기치와 매우 잘 어울리는 노래가 되었다. 온몸으로 읊조리듯 고백하는 목소리와 시적이고 구성진 노랫말 때문에 귀가 절로 열린다. 특히, 후렴구인 '도나도나' 부분은 묘한 여운이 남는다. 후렴구 도나도나는 보는 이에 따라 다르다. 원곡에 충실하자면 절대자인 구원자를 의미할 것이고, 시적인 가사에 충실하자면 이탈리아 말로 '부인'이란 뜻도 있다니 그렇게 봐도 좋을 것이다. 하지만 자유를 갈구하는 노랫말로 보자면 단순한 추임새 기능으로 봐도 무방하다.

도나도나를 떠올린 건 얼마 전 『존 바에즈 자서전』을 만났기 때문이다. 비교적 신간인, 미화된 찬사만이 아니라 치부와

약점마저 오롯이 담겨있는 이 책이 많이 알려졌으면 좋겠다. 그리하여 출간기념회 겸 고희를 넘긴 존 바에즈가 전 세계를 돌며 구슬프게 읊는 자유의 노래를 한 번 들어보고 싶다. 상상만으로도 '도나도나'해진다!

4부

파리의 날개처럼

꼰대라는 말

'늙은이'나 '선생님'을 가리키는 은어가 '꼰대'라고 사전에 나와 있다. 실생활에서 꼰대라는 말은 단순히 저 두 부류를 가리키는 건 아니다. 제 말만 옳다고 우기거나 고루한 생각을 타인에게 강요하는 모든 이는 꼰대라는 프레임에서 자유롭지 못하다. 재미있는 건 자신이 꼰대인 줄 모를수록 꼰대 기질을 유감없이 발휘한다는 사실.

나이가 들수록 누구나 조금씩 꼰대가 되어 간다. 또한 바라는 바는 아니지만, 젊은 세대가 기성세대를 그렇게 규정해버리는 한 어쩔 수 없이 꼰대가 되기도 한다. 상황이 아니라 시간이 사람을 꼰대로 만들어 버린다. 제 아무리 꼰대가 아니라고 우기고 싶어도 그들이 앞선 세대를 꼰대로 여기는 한 그렇게 되지 않을 도리가 없다. "나이 들수록 지갑은 열고 입은 닫아라."라는 말이 있다. 이 말도 자세히 들여다보면 슬프기 한량없다. 기성세대의 '꼰대스러움'이 전제된 경고문으로 읽히기 때문이다.

꼰대인가 아닌가를 가늠하는 흔한 방법 중의 하나는 "요즘 애들은 말이야." 하는 말을 얼마나 자주하는지를 스스로 체크하는 일이란다. 인류 언어 역사와 함께 생겨난 말이 '요즘 애들은' 이라는 우스개가 있을 만큼, 앞선 세대는 뒤따르는 세대에게 질책성 또는 훈육성 언어를 쓰기를 즐긴다. 따지고 보면 언제나 '요즘 애들'에게 문제가 있었던 건 아니다. 문제가 있다면 변화에 발 빠르게 대처할 수 없는 '기왕의 어른'으로서 맛보는 실존적 서글픔이 아닐까. 그 쓸쓸한 자괴의 심정에서 만들어진 말이 '입은 닫은 채 지갑은 열라'는 것이 아닌지.

대접 받으려는 마음, 내가 옳다는 믿음, 젊은이는 가르침의 대상 등이란 생각이 없어지지 않는 한 꼰대라는 말은 없어지지 않을 것이다. 될 수 있으면 꼰대는 되지 않는 게 좋겠지만, 다음 세대에게 어쩔 수 없이 꼰대로 비춰지는 건 세월 탓이다. 젊은 세대에 완전히 동화될 수는 없겠지만, 말끝마다 '요즘 애들이란' 하는 추임새를 넣는 횟수를 줄이는 노력만으로도 꼰대 되는 속도를 어느 정도는 늦출 수 있지 않을까.

후하다는 것

"주책없이 후하게 구는 것은 사람들의 호의를 사는 데는 서투른 방법이다. 그렇게 하면 호의를 얻을 자의 수보다도 더 많은 사람들의 반감을 산다." 몽테뉴의 수상록에 나오는 한 구절이다. 신선함과 혼란스러움을 동시에 맛보게 해주는 말이다.

시대를 앞서간 사상가답게 몽테뉴가 대단한 통찰을 지녔다는 점에서는 신선하고, 그럼에도 인간에 대한 그의 시선이 어딘지 삐딱하게 보인다는 면에선 혼란스럽다. 그런데 가만 들여다보니 후자는 판단유보해도 되겠다. 내가 잠시 혼란을 느낀 것은 내 통찰력이 위대한 사상가에는 터무니없이 못 미쳤기 때문이란 걸 알겠다. 인간의 다양한 속성을 자유자재로 파악한, 불편한 진실을 꿰뚫은 그의 눈길 앞에서 다만 뜨끔해질 뿐이다.

천성 깊숙이 선한 사람들은 태생적 유전자가 '주책없이 후하게' 굴도록 설계된 이들이다. 호의나 베풂은 그들의 자연스런 친구이다. 진심이기 때문에 베푸는 호의가 서툰 것인지 영악한 것인지 그들은 생각조차 않는다. 그렇게 하는 것이 당연하고 좋아서 나눔을 실천할 뿐이다. 문제는 그것을 바라보는 일부의 시선이다. 호의를 베푸는 그들에게 고마움을 느끼는 건 잠시다. 간사한 게 사람인지라 그 다음의 호의가 이전만 못하거나, 기대하는 호의에 다음 것이 못 미치면 이내 실망하고 의심한다. 몽테뉴의 다음 말이 그 사실을 뒷받침해준다. "받아버린 것은 이미 계산에 들어가지 않는다. 사람은 앞으로 후대 받을 것밖에는 좋아하지 않는다. 그 때문에 왕은 남에게 주다가 줄 것이 없어질수록 그만큼 심복을 잃는다."

받는다는 것에 고마운 맘이 이는 것은 인지상정이다. 문제는 그 유효 기간이 찰나에 지나지 않는다는 것. 지나친 베풂은 사람들로 하여금 후대를 기약하게 하고, 그럼에도 착한 사람들은 계속해서 선행을 하리라는 것. 한편으로는 호의를 기대하는 그 사람들을 잃을까 봐, 주는 것조차 조절해야 하는 군주까지 있게 된다는 무섭고 서늘한 통찰. 몽테뉴의 저 한마디는 순한 사람과 탐욕스런 사람이 함께 살아가도록 운명적으로 조직화된 게 인간사라는 것을 깊숙한 찌름으로 보여준다.

코트의 진실

델포이 아폴론신전 진실의 벽엔 탈레스 혹은 킬론이 말했다는 "너 자신을 알라."라는 경구가 새겨져 있다고 한다. 이 금언이 대중성을 확보한데는 자신의 철학 근간으로 이 말을 애용한 소크라테스의 공이 크다. 어쨌든 타인에게 충고하는 일은 쉬워도 자신을 아는 것은 어렵다는 말이렷다.

프로이트 역시 자신을 아는 것이 가장 어려운 인간 과제 중의 하나라고 보았다. 언제나 나보다 타인이 나를 잘 알며, 이웃보다 내가 이웃을 잘 아는 수가 있다고 했다. 스스로 발견하지 못하는 제 마음을 타인이 더 잘 읽는다는 것. 대체로 인간은 자신보다 타인을 분석하는데 탁월하기 때문이다.

자신도 모르는 자신의 내면이 얼마나 들키기 쉬운가는 프로이트가 관찰한 한 사례가 말해준다. 여름휴가 때 한 청년을 알게 된 프로이트는 그와 친해지기를 원했다. 하지만 청년은 산책 가자는 프로이트의 제안을 거절했고, 아내가 오기로 했으니 저녁마저 먼저 먹으라며 그를 피했다. 다음날 부부의 저녁식사에 초대되었을 때 프로이트는 들뜬 맘으로 청년의 식탁으로 갔다. 부부 자리 맞은편에 의자 하나가 마련되었다. 그런데 그곳엔 두툼한 코트가 걸쳐져 있었다.

단순하게 보이는 이 상황을 분석의 대가인 프로이트가 놓칠 리 없었다. '나는 이제 당신이 필요 없고, 여긴 당신 자리가 없습니다.' 제 안에 똬리를 틀고 있던 손님에 대한 거부감을 청년은 몰랐겠지만 당사자인 프로이트는 금세 읽어 버렸다. 만약 청년에게 진실을 밝히기라도 한다면 청년은 모욕을 느끼고 화를 냈을지도 모른다. 프로이트는 이를 '내적 부정직함'이라고 불렀다. 오해를 살 만한 행동에, 그 어떤 의도가 없었음을 항변해도 당한 쪽에서는 상대방의 속을 다 읽어낼 수

있다. '정당한 오해'에 대한 프로이트식 통찰이랄까.

몰라도 좋을 불편한 진실을 들춰내는 데에 탁월한 프로이트. 하지만 타인에 앞서 나를 알려면 이 정도의 따끔거림 정도는 감내해야 한다. 걸쳐 놓은 코트를 상대가 눈치 채기 전에 얼른 의자 쪽으로 걸어가야 한다. 코트를 걷어낸 그 의자엔 초대 받아 들뜬 프로이트를 위한 따스한 방석을 깔 일이다.

말의 허용 정도

"군주가 아첨을 막는 유일한 방법은 사람들이 사실대로 말해도 그가 화를 내지 않는다는 점을 알리는 것이다. 그러나 모든 사람이 그에게 사실대로 말할 수 있다면 그는 그들의 존경심을 잃고 만다." 마키아벨리도 군주의 마음, 아니 인간의 심리에 대해 어지간히 파악한 자였다.

현명한 리더는 제 약점에 대해 허심탄회하게 말해도 좋다고 주변인들을 안심 시킨다. 그렇기에 누군가 리더 자신의 허물 한두 개에 대해 읊더라도 요즘말로 쿨하게 반응할 수도 있다. 따라서 프로젝트 실패에 대한 리더로서의 책임에 대해 누군가 비판한다 해도 평정심을 잃지 않을 자신도 있다. 하지만 그의 현명함은 거기까지이다. 자신에 대해 나올 수 있는 모든 약점과 온갖 실패에 대한 충언까지는 감당하지 못한다. 그렇게 되면 리더로서의 마지막 남은 권위마저 잃게 되기 때문이다. 이는 대부분의 CEO들이 왜 저마다의 근엄함으로 제 위치를 포장하려하는가에 대한 명쾌한 답이 된다.

따라서 마키아벨리의 저 명언은 이렇게 풀어 쓸 수 있겠다. 현명한 군주의 마음은 언제나 열려 있다. 다만 제 명예심을 해칠 정도로 과하게 솔직한 충고는 사절한다. 존경받고 있다는 자존만큼은 어떻게든 지키고 싶으니까. 어디 군주만 그럴까. 세상 누구나 자의식이 허락하는 범위 내에서만 자신에 대한 객관적인 의견이나 비판을 허용한다. 이를 두고 나쁜 방식이라 할 수는 없다. 이 정도의 열린 마음만 있어도 현명하다 할 수 있다. 상대가 발 들일 틈조차 주지 않은 채 자신만의 왕국을 고집하는 군주도 있으니.

그렇다면 허용되는 충고의 한계치는 누가 정하나. 현명한 사람 곁에 현명한 친구가 모인다는 전제하에 그것은 발언하는 당사자에게 달려 있다. 그들은 상대의 자존에 상처가 되지 않을 만큼의 진솔함이 어디까지인가를 잘 안다. 제 자존이 귀한 만큼 타자의 명예를 소중히 여기기 때문이다. 아첨과 진솔함의 경계를 명확히 파악하고 있기 때문에 상대가 허용하는 범위 내에서 현명하게 말을 할 줄 안다. 군주의 존경심에 손상이 가지 않도록 넘치거나 모자라지 않게 제 말을 발설할 줄 안다.

속수

  스승을 처음 뵈올 때 존경의 뜻을 표하는 예를 '속수례束脩禮'라 한다. "저희가 스승님께 가르침을 받고자 뵙기를 청합니다." "내 학식이 부족하여 그대들에게 도움이 되지 않을까 저어하네." 학생은 스승에게 낮은 자세로 열심히 배울 것을 다짐하고, 스승은 제자에게 겸손한 마음으로 깨우침을 전할 것을 결심한다. 몇몇 초등학교에서 인성 교육 및 전통 문화 계승 차원에서 이런 속수례 의식을 경험케 한다는 소식이 들린다. 봄꽃 소식만큼이나 반갑다.

  '속수'는 스승을 만나러 갈 때 인사차 들고 가는 소박한 입학금 정도를 일컫는다. 옛날 스승들에게 제도화된 수업료가 있었을 리 없다. 사마천의 『사기』의 「공자세가」에 의하면 공자는 제자를 가리지 않았다. 제자가 거의 삼천 명에 달했는데 신분의 귀천을 따지지도 않았다. 배우려고 하는 누구에게나 속수를 받는 것으로서 대신했다. 속수는 말린 고기 열 개를 묶은 것을 말한다. 가르침을 청하는 최소한의 예의로 육포 한 묶음을 삼은 셈이다.

유교 문화를 계승한 우리 선조들도 당연히 배우고 가르칠 때 속수례를 행했다. 속수의 예를, 평생 스승으로 모시고 가르침을 받고자 하는 마음가짐으로 여겼다. 성균관에 입학하는 왕세자도 속수례를 엄격히 지켰다고 선조 때의 기록에 나와 있다. 실제 육포를 드리는 형식을 취하고 아니고를 떠나, 서로의 예를 행함에 진정성이 짙게 배어있었을 것이다.

요즘엔 스승과 제자가 순수한 마음으로 관계를 지속하기에는 어려운 시대이다. 안회를 비롯한 여러 제자가 공자만 바라보고 앞날을 설계하던 그 시간은 기록 속에서나 가능하다. 다사로워야 할 스승과 제자의 관계는 입시다, 스펙이다, 자격

증이다 등등의 현실 앞에서 딱딱한 교육자와 학습자의 그것으로 전락하기 십상이다. 스승을 찬미하고 존경하는 일조차 쑥스럽고 어색한 '현실적인 관계' 시대가 되어 버렸다. 하지만 살면서 존경심이 드는 스승을 얼마나 많이 만나게 되던가. 나이와 연륜에 상관없이 도처에서 스승을 만난다. 따뜻한 밥 한 그릇, 향긋한 차 한 잔의 현대판 속수로 그들께 감사의 맘을 전하고픈 스승의 날이다.

파리의 날개처럼

'대동소이大同小異'란 말이 나오는 기사를 읽다가 엉뚱한 생각이 들었다. 거의 같다, 라는 뜻으로 쓰이는 이 말의 진짜 의미는 뭘까? 작게 보면 다를 수도 있지만 크게 보면 같다는 뜻일까, 아니면 크게 보면 같을 수도 있지만 작게 보면 다르다는 뜻일까. 원래 같다는 것을 말하려 했을까. 혹시 다르다는 것을 강조하기 위한 숨은 의도가 있었던 건 아닐까, 하는 생각이 꼬리를 물었다.

출처를 찾아보니 『장자』의 「천하편」이다. 친구인 혜시惠施의 논리를 장자가 전하는 형식이다. "크게 보면 같다가도 작게 보면 다르니 이것을 소동이小同異라 하고, 만물은 모두 같기도 하고 다르기도 하니 이것을 대동이大同異라 한다."고 되어 있다. 만물을 넓고 차별 없이 사랑하면 천지도 하나가 된다, 라는 말로 귀결된다. 개인적으로 흥미로운 것은 '혜시는 자기가 천하를 달관한 자라고 자부하여, 이로써 여러 사람을 가르쳤다.'라며 장자가 의견을 단 부분이었다. 그 뉘앙스에는 어쩐지 친구인 혜시를 못마땅하게 여기는 분위기가 풍긴다. 그렇다고 우정에 문제가 있었던 건 아니고 둘의 관계가 친구이자 논적이었기 때문에 그랬을 것이다.

혜시의 무덤 앞을 지나던 장자가 시종에게 말했다. "초나라 사람이 자기 코끝에 흰 흙을 파리 날개처럼 얇게 바르고 석수장이에게 그것을 깎아내게 했다. 바람소리가 날 정도로 도끼를 휘둘러도 믿고 꼼짝 않고 있었으니 흙은 다 깎이고 코도 조금도 다치지 않았다. 이야기를 들은 임금도 자기에게 그 솜씨를 보여 달라고 했다. 석수장이는 그 사람이 죽어 이제는 할 수가 없다고 했다. 나도 석수장이처럼 혜시가 죽은 뒤로는 함께 할 이가 없구나."

학문적으로는 티격태격했지만 우정에서는 지기知己였기에 장자는 혜시더러 '자기가 천하를 달관한 자라고 자부하여'라며 냉소 서린 솔직함을 보여줄 수도 있었으리라. 제 말에 토를 달아도 좋으니, 제 코에 앉은 파리 날개처럼 얇은 흙을 도끼로 깎게 해도 믿을 수 있는 석수장이 같은 친구를 둔 장자는 얼마나 축복 받은 이인가.

완벽주의는 완벽하지 않아

선인들이 말했다. 아는 길도 물어 가고, 얕은 내도 깊게 건너라고. 흔히 완벽주의자들이라고 자청하는 사람들은 또한 이렇게도 말한다. 뭐든 완벽하게 준비되지 않으면 실행하지 않는다고. 정말 그럴까. 그런 사람들은 준비만 하다가 끝내 아무 것도 시도하지 않을 가능성이 높다. 잘 돼 가냐고 물으면 그들 대답은 한결 같다. 완벽하게 준비하려니 힘들다고. 아는 길도 물어 가고, 얕은 내도 깊게 건너는 일에 에너지를 쏟느라 실은 아무 것도 못할 뿐인데.

위의 예는 스스로를 두고 한 말이다. 절대 완벽주의자가 못 되면서 스스로를 위로할 필요가 있을 때 위의 상황을 만들곤

한다. 실천력이 따라주지 않을 때 우리가 둘러대는 좋은 핑계가 바로 '완벽주의론'이다. 다이어트를 곧장 시작하지 못하는 것은 혹시 불어난 몸피가 살이 아니라 붓기일 수도 있으니 병원부터 가야할 핑계가 남았고, 쓰다 만 단편을 완결 짓지 못하는 것은 아직 내 문체가 원하는 만큼 완성도가 높지 못하니 될 때까지 다른 작품을 더 읽어야 할 이유가 기다리고 있다. 진실로 진실이 아닌 핑계를 갖다 붙인다. 게을러서 실행 못하는 것을 마치 완벽주의자여서 그런 것처럼 포장할 뿐이다. 그렇게 해서라도 자신의 미흡한 처지를 정당화하려 한다.

그런 의미에서 "시작이 반이다."라는 속담이 서두의 저 속담보다 훨씬 실용적이다. 아는 길은 곧장 가는 게 맞고, 얕은 내는 가벼이 건너도 무관하다. 아는 길에 허비할 시간은 행동으로 옮기는 데 쓰면 되고, 얕은 내를 건너는데 쏟을 에너지는 다른 창의적인 곳에 할당하면 된다. 인간사에 완벽함은 없다. 설사 완벽을 추구한다고 해서 세상 일이 완벽해지지도 않는다. 미완이고 어설프지만, 일단 시도하는 게 완벽할 때까지

기다리는 것보다 백만 배는 낫다.

모든 완성은 불완전에서 출발한다. 완벽하게 준비한 사람
이 끝낸 일보다 불완전한 상태에서 시도한 사람이 끝낸 일이
더 많다. 완벽한 사람은 시작이 그만큼 늦으니 성공할 확률도
낮다. 완벽주의는 완벽에 이르는 가장 나쁜 포장술이다.

다시 백석

통영 가는 길이 설레는 건 백석 시인의 흔적을 더듬을 수 있다는 기대감 때문이었다. 이전에 통영을 찾았을 때는 수많은 여행 목적 중에 백석은 포함되어 있지 않았다. 통영 출신이 아닌 백석에게 미처 관심을 두지 못할 만큼 다른 예술인들의 흔적과 볼거리로도 벅찼기 때문이었다. 하지만 통영 천희(처녀) '란蘭'을 사랑한 시인이 통영과 관계된 시편을 여럿 남겼다는 사연을 안 이상 여행의 의미는 달라질 수밖에 없었다.

요즘의 아이돌과 비교해도 밀리지 않는 외모를 지닌 '모던 보이' 백석은 시도 잘 썼지만 로맨스 또한 다양했다. 그 중 통영에 관한 시편들에 나타난 시인의 호흡법은 애절한 경험에 바탕을 두고 있기 때문에 독자들로서는 절로 감정이입이 된다. 백석이 란을 만난 건 친구 결혼식 피로연에서였다. 신문사에 근무하던 시절, 통영 출신 동료 기자 신현중에게서 그녀를 소개받았다. 란을 만나러 세 번이나 통영을 방문했지만 끝내 불발되었다. 결혼 승낙을 받으러 간 마지막 방문에서는 여자 집안의 반대로 무산되기도 했다. 몇 개월 뒤 란의 결혼 소식이 들려왔는데 그 상대는 다름 아닌 신현중이었다. 시인의 일방적 사랑의 대가치곤 잔인한 결말이었다. 외롭고 높고 쓸쓸한 시인의 사랑 체험 덕에 독자는 그의 시를 맘껏 누리게 되었다.

명정골 정당새미를 향하는 길목에 충렬사 계단이 있다. 그 돌계단에 앉아 백석은 날이 저물도록 사랑하는 이를 기다렸다. 혹시나 우물가에 빨래하러 오는 천희들 가운데 란이 있을지도 모를 일이었다. 불발된 사랑의 통점으로 시인은 「통영」이란 제목의 시 세 편과 「남행시초」 연작 등을 남겼다. 못 이룬 사연으로 시인은 시를 남겼고, 훗날의 독자는 그 시간을 더듬어 길을 떠난다. 그러고선 '흰 바람벽' 앞의 시인이 되어 한없이 애잔해져 보는 것이다. "⋯⋯ 또 내 사랑하는 사람이 있다 / 내 사랑하는 어여쁜 사람이 / 어늬 먼 앞대 조용한 개 포가의 나즈막한 집에서 / 그의 지아비와 마조 앉어 대구국을 끓여놓고 저녁을 먹는다 / 벌써 어린것도 생겨서 옆에 끼고 저녁을 먹는다⋯⋯."

타자를 안다는 것

공자의 수많은 제자 중에 '번지'라는, 내가 보기에 무척 예쁜(?) 이름을 가진 이가 있었다. 우스갯소리를 붙이자면 그의 자는 자지子遲란다. 공자의 수레를 몰았다는 기록으로 보아 학식이 높았던 이는 아니었으리라. 총명하고 똑똑한 제자는 아니어서 엉뚱한 질문, 예컨대 채소 가꾸는 법 따위를 물어 주변으로부터 비난을 듣곤 했다. 영민함과 재치와는 거리가 멀었겠지만 순박함과 성실함으로 공자를 보필한 제자였다.

공자의 관심 분야는 앎知과 어짊仁에 관한 것이었다. 번지가 그것에 대해 물었을 때 공자가 대답했다. "어짊이란 애인愛人이고, 앎이란 지인知人이다."라고. 사람을 사랑하는 것이

인이라고 말했지만, 실은 공자의 인에 대한 가르침은 코에 걸면 코걸이고 귀에 걸면 귀걸이였다. 안연에게는 예를 회복하는 것이요, 중궁에게는 남에게 원치 않은 일을 강요하지 않는 것이며, 사마우에게는 말을 조심하는 것이라 답할 만큼 그때그때 달랐다. 하지만 가만 보면 공자의 여러 답변은 결국 한 가지이다. 다름 아닌 '타자에 대한 이해'이다.

이탈리아를 여행할 때 흔히 만나는 두 나무가 사이프러스와 우산소나무이다. 전자는 밑이 넓다가 위로 솟구칠수록 뾰족한 긴 삼각형 모양이고, 후자는 나무둥치가 뻗어가다 윗부분 잎맥에 이를수록 핵 분열하는 것처럼 둥글게 퍼지는 형태이다. 각각은 직선과 곡선, 첨탑과 돔, 뾰족함과 둥글함, 자제와 허용 등의 이미지를 풍긴다. 한데 전혀 어울릴 것 같지 않은 그 두 나무가 연출하는 거리의 풍광이야말로 멋진 조화를 이룬다.

이탈리아의 두 나무처럼 두 사람만 모여도 다를 때가 있다. 아니 같은 나무라도 밑둥치와 잎맥이 지닌 성질이 전혀 다를 수 있다. 이러한 다변적인 인간의 성정을 공자는 이미 알고 있었기에 제자마다 다른 답변을 줄 수 있었을 게다. 제자를 향한 공자의 답에는 다음과 같은 숨은 가르침이 있었는지도 모르겠다. 사랑한다는 것은 그 사람을 안다는 것이고, 안다는 것은 인간 보편성에 대한 다양한 이해로부터 출발한다고.

공감과 동정

공감과 동정은 우정이나 애정을 둘러싼 여러 환경에 등장하는 보편적 정서이다. 크게 보아 공감과 동정을 같은 범주에 놓으려는 경향이 있는데 엄격하게 말하자면 공감과 동정은 별개의 감정이다.

심리학에서의 공감empathy은 객관성을 담보한 이해의 감정이다. 당사자의 감정을 함께 느끼고, 그 사람 안을 들여다 볼 수 있을 만큼 이해하되, 나의 입장과 관점을 버리지 않는 의지가 내포되어 있다. 반면에 동정sympathy은 주관적 심리 상태의 자기 반영이다. 나도 너와 다르지 않고, 같은 기분이라는 직접적 감정으로 상대에게 쉽게 동화되는 상태를 말한다.

직장 상사에게 서류철을 패대기 당하고 뺨까지 맞은 남자가 있다 치자. 공감하는 여자라면 남자의 서류철 정도를 챙기고, 남자가 자신의 억울한 얘기를 할 수 있도록 분위기를 조성한다. 남자의 하소연에 맞장구를 치되 객관성을 잃지 않고 가만히 들어준다. 반면 동정하는 여자라면 남자보다 자신이 더 흥분하고 감정 이입되는 바람에 울음을 터뜨리거나 상사에게 덤빌지도 모른다. 난처하고도 억울한 남자의 입장이 곧 나의 감정이 되어 중심을 잃고 동화되어 버린다. 그렇게 되면 남자는 자신의 감정에 앞서 여자의 태도에 더 당황하게 된다.

수치심이나 열패감 또는 슬픔에 휩싸일 때 사람들은 일반적으로 동정보다는 공감을 원한다. 동정은 나와 똑같은 사람을 만나는 것이고, 공감은 나를 위로해주는 사람을 만나는 것이기 때문이다.

공감하느냐 동정하느냐는 '감정의 객관화'에 달려 있다. 오늘밤 술 취한 친구가 슬픔이나 분노로 횡설수설할지도 모른다. 동정하고 싶다면 친구보다 더 취한 목소리로 친구 편을 들자. 당황한 친구는 퍼뜩 술이 깬 나머지 다시는 당신에게 하소연하지 않을지도 모른다. 반면, 공감하고 싶다면 친구 얘기에 그저 옳다고 맞장구 쳐주며 들어주자. 비록 취했지만 자신을 이해하고 있다는 걸 친구는 누구보다 잘 알 것이다. 공감하는 당신은 동정하는 당신보다 편안하고 미덥다.

타자의 욕망을 살다

　고위 공직자 후보들의 본인 및 자녀 군필 유무는 그들의 국가관 및 도덕성을 판단하는 손쉬운 잣대 중의 하나이다. 지도층 인사들의 군면제 비율이 일반 국민들의 그것에 비해 훨씬 높다는 것은 어제오늘 일이 아니다. 그럴만한 사유가 있다거나 우연한 결과일 뿐이라고 누군가 대변한다 해도 그것을 믿어줄 국민들은 그리 많지 않다.

　이런 보도들이 연일 매체를 타자 군대에 대한 명랑한 환상을 품고 있는 아들이 말한다. 군 면제 받은 사회지도층 아들인 당사자들은 군대 가는 것을 원했을 수도 있지 않았겠냐고. 그 말도 맞겠다. 본인은 군필자가 되고 싶지만, 어른들의 강

권이나 환경적 학습에 의해 안 가는 쪽으로 가닥을 잡는 경우도 있으니.

내 욕망은 따지고 보면 순수한 내 욕망이 아니다. 내 내면의 의지는 실제론 타자가 욕망하는 욕망이다. 이런 욕망의 타자성에 대해서 라캉은 "주체가 스스로를 발견하고 제일 먼저 그것을 느끼는 곳은 타자 속에서이다."라고 말했다. 군 입대 면제를 받거나, 판검사가 되거나, 신의 직장이라 불리는 곳에 취직하는 것 등은 따지고 보면 내가 원해서가 아니다. 사회가 원하는 욕망 일순위에 그것들이 있고 주변에서 원하니 따를 뿐이다. 명예나 안정이 보장되니, 마치 처음부터 그 길을 가려고 한 것처럼 착각할 뿐이다.

개별자로서의 자아는 스스로 형성되는 게 아니라 타자를 매개로 다듬어지거나 만들어진다. 타자를 넘어선, 진정한 자아의 욕망을 구현하기란 쉽지 않다. 타자의 욕망, 즉 부모나 사회가 정해놓은 길을 가면 겉보기에 실패할 확률이 그만큼 낮기 때문이다. 하지만 타자가 욕망한 나의 길은 진정성이 담보된 길이 아니다. 당연히 내면 갈등이 따른다. 급기야 라캉의 말대로 '자신이 욕망하는 것이 진실로 자신이 소망하는 것인지 혹은 소망하지 않는 것인지를 알기 위해서 주체는 다시 태어날 수 있어야만' 하는 숙제를 안게 된다. 그 누구도 내가 원하는 대로의 삶을 꾸릴 순 없다. 다만 타자의 욕망 속에서도 끊임없는 자아를 탐색하는 의지라도 있어야 내 주체는 거듭 태어날 수 있게 된다.

헵번의 옆모습

요즘 젊은 연예인들의 얼굴은 너무 비슷하다. 갸름한 달걀형 라인에 이마는 봉긋하고 콧날은 오똑한데다 치열은 가지런하며 눈 또한 왕방울만하다. 눈썰미 젬병인 나 같은 이는 그 얼굴이 그 얼굴 같아 아예 구별하는 것을 포기할 정도이다. 아이돌이 나오는 프로그램을 보면서 활력을 얻기도 하는데, 어느 순간 누가 누구인지 헷갈리게 되니 그만큼 흥미가 줄어들기도 한다.

개인적으로 나는 달걀형 얼굴에 대한 환상이 있다. 이목구비가 아무리 뚜렷해도 턱 선이 곱지 않으면 내 기준의 미인 목록에서 탈락시키곤 했다. 이마 좁고, 광대뼈 나오고, 턱 선이 발달한, 전형적인 몽골리안 계통의 내 얼굴에 대한 보상 심리 때문에 그런 생각이 자리했는지도 모르겠다. 한데 무개성한 브이자 얼굴이 계란처럼 흔하게 되어버린 세상을 보면서 조금 생각이 달라졌다.

　인물사진의 대가 유섭 카쉬Yousuf Karsh가 찍은 오드리 헵번의 옆모습을 오래 들여다 본 적이 있다. 흠잡을 수 없는 오드리 헵번이지만 예의 내 기준에 의하면 그녀가 미인이 되어야 할 조건에는 이 프로 부족해보였다. 사각 턱에 가까운 얼굴형 때문이었다. 그녀가 현재 우리 연예계에 진출했다면 턱 선 교정은 피할 수 없는 요청이 되었을지도 모른다. 한데 들여다보면 볼수록 그녀에 대한 무한 애정이 생긴다. 발랄한 듯 기품 서린 오드리 헵번의 '강단'이 그녀의 턱 선에 숨어 있는 것 같았기 때문이다. 배우로 이룬 꿈을 유니세프 친선대사라는 사회적 가치로 환원한 그녀의 행보에는 외유내강의 미덕이 서려 있다. 나는 그녀의 그런 이미지를 부드러운 듯 각진 그녀의 턱 선에서 찾았던 것.

자신의 명성을 개인적 목표보다는 사회적 이타심과 결합하는 데에 중점을 두는 일은 하루아침에 되는 건 아니다. 누군가의 건전한 결정이 아무리 즉흥적이라도 해도 삶에 대한 깊은 성찰이 전제되지 않으면 불가능하다. 오드리 헵번식 사유와 행동의 출처를 그녀의 부드러운 듯 강인한 턱 선과 자꾸만 연결하게 된다. 그녀가 세상을 뜬 지 이십 년도 훨씬 지났지만 우아하고 결단력 있는 그녀의 옆모습은 누군가의 내면을 자극하는 매혹적인 매개물이 되어 준다.

그 모든 스무 살

"앞으로 겪을 모든 일들을 스무 살 무렵에 다 겪었다는 사실을, 그 모든 사람을 스무 살 무렵에 다 만났으며 그 모든 길을 스무 살 무렵에 다 걸었습니다. 그 모든 기쁨을, 그 모든 슬픔을, 그 모든 환희를, 그 모든 외로움을, 스무 살 무렵에."

김연수의 『청춘의 문장들』에 나오는 공감 가는 문장이다. 스무 살을 온몸과 맘으로 건너온 청춘이라면 작가의 저 말에 고개를 끄덕이게 될 것이다. 시간은 더디게 흘렀고, 일상은 지리멸렬하기만 했다. 공부는 어려운데다 현실성이 없었고, 진전 없는 청춘사업은 허깨비가 되어 눈앞을 어지럽혔다. 고뇌와 번민의 길은 온통 내게로만 몰려오는 것 같았고, 경제적

궁핍은 스무 살 특유의 빳빳한 자존심에 상처를 입혔다.

저 길이 아니면 안 될 것 같아 몰입하다가도 이 길밖에 없을 것 같아 타협하는 현실의 나날이었다. 실은 몰입도 타협도 모두 내 영역 밖의 일이었다. 물결치는 대로 바람 부는 대로 쏠릴 수밖에 없다는 것도 스무 살 시절에 배운 웃자란 운명론이었다. 모든 게 불분명하고 모든 게 부주의했으며 모든 게 부조리하다는 것 또한 그 시절이 깨우쳐준 시니컬한 인생론이었다.

그렇게 스무 살 시절이 지나자 모든 게 분명해졌다. 새로운 인연도, 새로운 학문도, 새로운 미래도, 여하튼 새로운 것이라면 그 무엇도 새롭지 않다는 사실. 스무 살 겪어야 했던 삶은 경이로울 정도로 역동적이었지만, 그 가운데 대책 없이 아팠고 주책없이 깊어지려고만 했다. 하필이면 스무 살 즈음에 겪은 그 모든 것들이 화인처럼 맘속에 깊이 새겨져 있기에 그 나이에 모든 삶을 산 것처럼 믿게 된다.

그렇지만 삶은 스물 이후로도 한참 계속되었고, 여전히 그

삶은 진행 중이다. 스물에 겪었던 모든 일들이 되풀이되는 건 맞지만 그렇다고 그 시절에 느꼈던 그대로의 삶이 지속되는 건 아니다. 더 깊어지고, 더 관대해졌으며, 더 충만해졌음은 부인할 수 없다. 그 시절로 되돌아가고 싶지 않은 것만으로도 그것은 증명된다. 삶은 계속되지만 결코 그때의 스무 살과 같 지는 않다.

착한 식당

　세상사 돌아가는 것 못지않게 먹거리에도 관심이 많은 시대이다. 오죽하면 '먹거리 X파일' 같은 텔레비전 프로그램이 이슈가 되곤 할까. 식자재를 살피고, 식당의 위생 상태를 점검하며, 때로는 조리 과정의 충격적인 실상을 고발하기도 하는 그 방송을 통해 먹는 문제야말로 얼마나 중요한 것인지를 되돌아보게 된다.

　그 프로그램 중간에 '착한 식당'을 소개하는 코너가 있다. 주변 제보를 바탕으로 검증 후 타당성이 있을 경우 해당 업소를 착한 식당으로 선정해준다. 암행 취재에다 재검증 절차까지, 까다로운 과정을 거친다. 그렇기 때문에 선정된 식당에 대해서 어느 정도 신뢰감이 가기도 한다.

가끔씩 친구들과 가는 짜장면집이 있다. 시골 바닷가 작은 중국집이다. 여름내 덥다는 핑계로 미루기만 하다가 오늘 그곳에 들렀다. 그곳에서 차려지는 건 단순한 짜장면이 아니다. 우선 티끌 하나 없는 정갈한 식탁 분위기만으로도 족한데, 무뚝뚝한 주인장을 대신해 잔잔한 음악부터 틀어준다. 손수 채취해 덖은 수국차가 전식으로 나오고, 곧이어 짜장면이 나온다. 짜장면의 맛은 요란하지 않다. 혀에 착착 감기는 감칠맛이 없어 조금 심심하게 느껴지기도 한다. 식사가 끝나갈 즈음이면 자연산 감자튀김과 즉석에서 갈아낸 커피가 후식으로 나온다. 짜장면 몇 그릇을 먹으러 갔을 뿐인데, 황후의 밥상이 따로 없다. 짜장면을 파는 게 아니라 주인의 정성을 파는 곳이다. 마음 씀이 천성으로 고운 것과 음식을 대하는 참된 마음 말고는 달리 설명할 길이 없다.

텃밭에서 가꾼 호박잎과 고추를 덤으로 싸주는 주인장을 뒤로 하며 착한 식당에 대해 생각한다. 그 짜장면집이야말로 내가 선정한 내 맘대로의 착한 식당이다. 식재료와 조리과정에 거짓이 없고, 서비스와 위생 상태가 좋은데다 적정한 가격을 유지하니 착한 식당의 조건에 이보다 더 맞춤한 식당이 어디 있겠는가. 착한 식당에 추천할까요, 라고 고마움을 전하니 손사래가 말보다 먼저 나온다. 조미료를 아주 안 쓰는 건 아니니 정중히 사양하겠단다. 굳이 착한 식당 간판을 달지 않은들 어떠랴. 원래 착한 식당이니 알량한 간판 따위가 무슨 의미가 있으랴. 착한 식당은 음식에 있는 게 아니라 사람 자체에 있다. 주인장이 담백하면 음식 맛에 거짓이 낄 리 없다.

사회적 증거의 법칙

　군중은 옳고 그름이 아니라 대의에 따라 움직인다. 남들처럼 하면 적어도 손해날 일은 없으니 묻어가는 편리를 택한다. 인터넷 공간을 예로 들자. 같은 이슈라도 댓글이 없는 쪽보다는 댓글이 한 번 달리기 시작하는 쪽에 더 많은 댓글이 달린다. 또, 첫 댓글이 호의적이면 부정적일 때보다는 훨씬 많은 댓글을 유도한다. 원 글 자체보다 이미 달린 댓글의 흐름에 따라 이어질 댓글이 영향을 받기도 한다. 마치 빨간 불인데도 바쁜 누군가가 횡단보도를 건너게 되면 너도나도 우르르 따라가는 것과 같다.

　심리학자들에 따르면 '어느 분야를 막론하고 통상 시장의

95퍼센트는 모방자이며, 단지 5퍼센트만이 창조자'라고 한다. 대부분의 사람들이 5퍼센트의 창조자가 되는 위험을 감수하느니 95퍼센트의 모방자로 살아가는 편리를 택한다. 가끔 도저한 경지에 이르렀다고 판단한 창조자에 의해 세상은 뒤집어지기도 하는데, 중요한 건 그 혁명의 성공 뒤에도 여전한 나머지 95퍼센트의 모방자가 대기하고 있다는 사실. 물리적 상황이든 심리적 상황이든 대의를 좇을 확실한 군중이 확보되는 건 변함없는 사실이라는 것.

인간의 이런 심리적 상태, 즉 다른 사람의 행동을 따라 하는 것이 바람직하다고 믿는 경향을 '사회적 증거의 법칙'이라고 한다. 사이비 종교가나 정치꾼은 군중 심리를 잘 이용하는 사람들이다. 그들이 도덕이나 경건을 가장한 흰소리로 옳고 그름이 제각각인 군중들을 선동할 수 있는 것도 이 군중 심리를 백 번 활용하기 때문이다. 예언이 실패해 천국행을 가지 못해도 여전히 신도 수는 줄어들지 않고, 청문회 때마다 차마 들어줄 수 없는 비열함의 꼼수가 넘치는 데도 같은 일은 지속

된다.

　이런 현상의 원인에는 군중의 우매함도 있지만 알면서 속
아주는 '귀차니즘'도 한 몫한다. 체념의 친구가 된 지 오랜 대
중은 웬만해서는 별다른 자극을 받지 못한다. 군중의 피로지
수가 높을수록 극소수의 건실한 창조자를 만나기는 어렵다.

시청과 견문

　암각화를 보러 갔을 때였다. 늪, 들, 물, 잎 등 오랜만에 순도 높은 자연 풍광을 만나니 하나 된 몸과 마음에서 절로 콧노래가 나온다. 암각화는 댐 건너 먼 풍경으로만 보였다. 답사 온 한 무리의 학생들이 앞 다퉈 망원경으로 호수 건너를 관찰한다. 고래, 사슴 등 그림이 보인다고 소리치는 쪽과 아무것도 보이지 않는다고 투덜대는 쪽으로 나뉜다. 보인다고 소리치는 쪽은 소수지만 목소리가 크고, 아무것도 안 보인다고 말하는 쪽은 다수지만 목소리가 작다. 안 보이는 쪽의 소리가 작은 건, 꼭 봐야 하는 것을 남들은 봤다는데 자신은 못 봤으니 주눅이 들어서 그렇다.

콧노래를 거두고 그들 틈에 끼어 망원경을 들여다본다. 수면에 직각으로 내리뻗은 절벽단층만 보일 뿐 암각화는 렌즈 어디에도 상이 맺히지 않는다. 세월에 풍화되어 그림이 흐릿해진 걸까. 아니면 안경 없이 봐서 그런 걸까? 땀까지 흘려가며 망원렌즈와 씨름하고 있는데 현장지킴이 아저씨가 말을 건넨다. 뭘 봤다는 학생들은 착각한 거란다. 암각화는 얼마 전 태풍 때 수위가 높아져 물속에 갇혔단다. 갈수기에나 드러날 텐데 그나마 이끼나 먼지가 껴 제대로 된 그림을 보기는 쉽지 않단다.

시이불견 청이불문視而不見 聽而不聞이란 말이 있다. 흘려 보는 것은 보는 게 아니고, 건성으로 듣는 건 듣는 게 아니다. '시청視聽'은 흘깃 보고 듣는 것을 말하고, '견문見聞'은 제대로 보고 듣는 것을 말한다. 시청과 견문은 그 깊이와 넓이가 다르다. 그런데도 아무 것도 보고 들은 것이 없으면서도 '시청'했다고 목소리를 높인다. 아니면 겨우 '시청'했으면서 '견문'했다고 착각한다. 안 본 사람이 흘려 본 사람을 이기고, 흘려 본 사람은 제대로 본 사람을 앞선다. 그런 부조리한 상황이 곳곳에서 연출된다. 제대로 보고 듣는다는 건 얼마나 어려운가. 시청에만 머문 채 흥을 부를 게 아니라 견문을 넓히는 연습 또한 필요한 일임을 알겠다.

5부

먹은 밥은 글이 되고

문체미학의 경제성

'형식이 내용을 규정한다'는 말은 글쓰기에서도 통한다. 아무리 감동과 재미를 주는 글이라 해도 글쓰기의 기본 형식에서 멀어져 있으면 좋은 인상을 받지 못한다. 나는 문체미학의 경제성을 옹호하는 쪽이다. 중언부언하는 것을 별로 좋아하지 않는다. 내 문장은 건조한 편이다. 소설을 쓸 때는 그나마 덜한데, 생활 칼럼을 쓸 때는 마음부터 건조해진다. 그걸 피해보려고 시집을 자주 들여다본다. 하지만 그때뿐이다. 실전에서는 예의 건조한 문체로 돌아가고 만다. 담백하고 건조한 문장을 선호하는 취향이 하루아침에 바뀔 리는 없다. 다만 성마른 문장을 구사하는데도 재미와 감동을 주는 작품을 만나면 기분 좋은 당혹스러움이 밀려온다.

어느 순간부터 화려한 문투와 과장된 어법에 대한 거부 반응이 일기 시작했다. 지금보다 많이 젊었을 때는 비유법도 많이 썼고, 소위 오그라드는 표현들도 즐겼다. 어느 시점까지는 미문이나 꾸밈이 과한 글에 혹하기 쉽다. 서정성을 담보한 그런 글은 영감과 편안함을 주기도 한다. 그런데 글을 쓰다 보면 그조차 거추장스러워 마구 버리고 싶을 때가 있다. 자연스레 더 깔끔하고 더 건조한 쪽으로 문장을 내몰고 조인다. 문맥에 살을 붙이거나 색조 화장을 하는 걸 놔두질 않는다. 글쓰기 책들의 요지는 한결 같다. 문장의 나뭇가지를 흔들어라. 그리하여 나목 상태로 탈탈 털리거든 그것만 제대로 써먹어라. 아직까지는 이런 글쓰기 방식에 손을 들어주고 싶다.

『정민 선생님이 들려주는 한시 이야기』에 보면 문장 수련에 관한 일화가 나온다. "텅 빈 산에 나뭇잎은 떨어지고 비는 부슬부슬 내리는데. 스승은 제자의 이 문장을 한참 정신을 못 차리게 야단치시더니, 이렇게 고쳐주셨다. 빈 산 잎 지고 비는 부슬부슬. 처음에 22글자였던 것이 11글자로 줄었다. 딱 절반만 남았다." 줄이면 풍경이 선명하게 보인다. 말을 아껴라. 설명하려 들지 마라. 보여주기만 해라. 스승을 잘 만난 정민 선생은 이런 깨달음을 빨리 얻었다. 문체미학의 경제성 안에 온 우주적 글쓰기가 다 담겨 있다.

검은 다이아몬드 문체

"나는 내 작품의 인물들이 체험하는 일을 모두 내 자신의 일로 느낀다. 따라서 그들과 함께 슬픔에 빠지기도 하고 두려움에 떨기도 한다. 나는 작중 인물들의 내부에는 결코 들어가지 않는다. 그들이 말할 때도 나는 일체 부연 설명을 하지 않는다. 단지 외부로부터의 시선을 계속 유지할 뿐이다."

헝가리 출신 작가 아고타 크리스토프의 저 말은 반은 맞고 반은 틀린다. 소설을 쓸 때 결코 인물 내부를 방해하지 않는다는 그녀의 말은 옳다. 반면에 등장인물과 함께 슬픔에 빠지고 두려움에 떤다는 그녀의 말은 거짓말처럼 보인다. 철저하게 외부적 시선을 유지하는 사람은 슬픔에 빠지거나 두려움

에 떨게 될 확률이 낮기 때문이다. 감정적 시선에서 객관적이
되려면 얼마나 많은 슬픔이나 두려움을 다스리고 잠재워야
할 것인가.

하지만 그녀의 대표작『존재의 세 가지 거짓말』을 읽고 나
면 첫머리에 인용한 저 말이 틀리지 않다는 것을 온전히 받아
들이게 된다. 그녀의 문장은 지독히 건조하고 담담하다. 한
데 지독히 건조하고 담담한 그 문장들이 독자에게 건너가면
바늘 끝 같고, 손톱 같은 '콕콕 찌름'을 유발한다. 벌목장에서
베이는 나무처럼 무뚝뚝한 문장들이 툭툭 넘어졌을 뿐인데,
그것을 목도한 독자는 손댈 수 없을 만큼 아린 통증을 품어야
한다.

건조한 문투 덕분에 오히려 심장이 찢어질 것 같은 매혹을
앓게 하는 그녀. 너무 아프면 아프다고 말 못하고, 너무 사랑
하면 사랑한다고 말 잇지 못하는 원리와 같다고나 할까. 과장
이나 과잉 없는 서술로 사건 많은 쌍둥이의 일생을 전하는 아
고타 크리스토프. 감정선을 드러내는 그 어떤 묘사 없이, 짧

고 단호한 직설로 뱉어내는 발화법. 그 속에서 처절한 절망의 노래를 느끼게 되는 이 아이러니를 어떻게 설명할 수 있을까.

어느 비평가가 그녀의 문체를 '검은 다이아몬드'에 비유했다는 말이 어쩜 이리 와 닿는지. 처절하고 허위적인 삶의 조각들을 불러내, 냉엄하게 인간 존재의 근원을 탐색하는 그녀의 방식에 뒤늦은 찬미가를 보탠다.

문장 털기

때론 시 자체보다 시인의 말이 더 시적일 때가 있다. 이정록 시인의 시집 『정말』을 두고 하는 말이다. 멀리 있는 친구가 소설집 한 권과 함께 보내주었다. 시집을 읽을 때 나는 시인의 서시나 추천자의 발문 등을 먼저 읽는 편이 아니다. 선입견이 생기거나 감흥이 깨질까봐 대개 본문부터 읽어 내려간다. 한데 이번에는 왠지 맨 마지막 장의 '시인의 말'부터 눈에 들어왔다.

"쓰는 게 아니라 받아 모시는 거다. 시는, 온몸으로 줍는 거다. 그 마음 하나로 감나무 밑을 서성거렸다. 손가락질은 하지 않았다. 바닥을 친 땡감의 상처, 그 진물에 펜을 찍었다. 홍시 너머 푸른 하늘을 우러러보았다. 사랑의 주소는 자주 바뀌었으나, 사랑의 본적은 늘 같은 자리였다." 전문을 옮겨 보았다. 독자와의 인사 격인 '시인의 말' 정도는 풀어 써도 누가 뭐랄까. 한데 시를 다 읽은 지금 봐도 본문 시편들보다 더 시적이다. 말을 늘이지도 않고, 감성에 호소하지도 않는다. 담백하고 간결한 몇 마디로 진한 여운을 남긴다.

이정록 시인은 문장 털기에 능하다. 말틀이 달린 나뭇가지를 마구 흔든다. 다 털려 나목의 상태여도 좋고, 잎새나 꽃잎 몇 장 달려 있어도 괜찮다. 그렇게 끝까지 살아남은 말씀만 주워 담는다. 떨어진 잎과 날아간 꽃잎일랑 미련두지 말자. 그건 읽는 자나 쓰는 자의 몫으로 남겨두자. 필요한 형용사나 긴요한 부사는 숨겨뒀다 아껴 쓰자. 그래도 읽는 이의 마음을 충분히 움직일 수 있다. 그것이 알짜배기 문장이다.

웃음을 말하지 않는데도 입꼬리가 올라가고, 심장을 쥐어짜지 않는데도 가슴이 따끔거리는 것, 그것이 매혹적인 문장의 기본이다. 온갖 키치적 깃털로 장식하는 문장보다 담대하게 탈탈 털어버린 문맥들이 더 아름다울 때가 많다. 일견 무색, 무취, 무미하게 보이는 문장의 깊이와 재미를 느끼기 시작했다면 당신은 이미 '문장 털기'의 느꺼운 노예가 되었다. 시인의 말을 옮겨 적는 손끝이 기분 좋은 예민함으로 떨린다.

풍경이 가르친다

책 속에 길이 있다. 옳은 말이다. 하지만 꼭 그런 건 아니다. 가끔은 책을 덮고 풍경 속으로 들어갈 때 길이 보이기도 하니까.

뜻 있는 사람끼리 모여 글공부를 한다. 잘 익은 밤처럼 토실토실한 남의 글을 읽기도 하고, 덜 말린 대추 같은 누글누글한 제 글을 다듬어도 본다. 남의 좋은 글을 읽을 땐 감탄하고 부러워할 입과 맘만 있으면 된다. 하지만 자신의 글을 숙제로 내놓아야 할 날짜가 다가오면 안절부절못한다. 남보란 듯 합당한 이유가 생겨 떳떳이 결석이라도 할 수 있으면 좋으련만. 글 좀 잘 써보자고 모였는데 그 글이 제 목을 조이는 형

국이다. 이런 부조리한 상황이 있을까.

결실의 계절이자 독서의 계절이 왔는데도 내 글쓰기는 지리멸렬하기만 하다. 수고 없이 좋은 글이 나올 리 없다. 그럴수록 책상 앞에 앉으면 압박감이 가슴을 짓누른다. 즐거워야 할 글쓰기가 괴로움이 된다면 생각을 바꾸는 수밖에. 쓰려고 용쓴다고 글이 되는 게 아니다. 이럴 때는 글 밖으로 눈을 돌리는 것도 좋다.

활자 빽빽한 종이 대신 아름드리 소나무가 둘러쳐져 있고, 가을 민들레가 피는 풍경 속으로 들어간다. 이름 붙여 야외수업. 오늘 만큼은 숯불 삼겹살과 소주 한 잔도 풍경의 일부가 되어도 좋다. 밋밋한 평화보다야 울퉁불퉁한 들끓음이 글 소재로는 낫지 않던가. 연필을 버려야 할 적당한 타이밍이었을까. 출석률도 좋은데다 여유가 넘친다. 유머가 길을 트니 배려가 뒤따른다.

책 속에 길이 있다는 건, 반만 맞는 말이다. 때론 책을 버리고 풍경 속에 흠뻑 젖어야 길이 보인다. 푸성귀 뜯고 씻던 시린 손, 쉴 자리 마련하려 굽히던 연한 무릎, 연기 마셔가며 모닥불 피우던 잔기침 소리, 바람막이로 서서 따뜻한 물 끓여내던 환한 미소, 이 모든 것들이 자연과 어우러져 하나의 풍경을 만들고 있었다. 책 속에만 글이 있는 게 아니라 그렇게 풍경 속에도 글이 있었다.

사진에 대한 단상

오랜만에 네 식구가 모였다. 아들 학교의 기숙사 근처에서 소박한 외식을 한다. 여권 사진이 필요하다는 아들을 따라 사진관에 들른다. 간 김에 가족 이미지 컷도 덤으로 찍기로 한다. 언젠가는 이 사진 한 장이 식구들 개개인의 가슴 안에서 특별한 감흥을 불러일으킬 것을 예감하며. 이런 생각은 롤랑 바르트의 사진에 관한 단상을 떠올린 덕분이다. 『카메라 루시다』는 사진 읽기에 대한 그의 독창적인 시선이 담긴 책이다.

그 중 '스투디움'과 '푼크툼'에 대한 잔상이 떠나질 않는다. 누군가의 사진 한 컷은 객관적이면서도 개별적인 경험의 산

물이다. 특정 사진에 대해 떠오르는 공통된 심상, 작가의 의도 등을 스투디움이라 한다면 구경꾼 개별자의 폐부를 찔러대는 정서적 감흥을 푼크툼이라 할 수 있다. 전자가 객관적이고 평면적이며, 대중적이고 이해되는 것이라면 후자는 지극히 주관적이고 입체적이며, 개별적이고 은밀해도 좋은 것이리라.

단순히 보이는 것을 넘어선 푼크툼은 심연의 창고에서 꺼내는 숨은그림찾기와 같다. 옛날 사진 한 장을 꺼냈을 때, 오롯한 나만의 내면 풍경이 떠오르는 상태가 푼크툼이라 할 수 있다. 햇살 가득한 담벼락을 따라 번지던 웃음소리, 모래톱에서 내려다보던 사금파리 박힌 발등. 한 컷의 사진에서 우리는 따뜻한 듯 아린 푼크툼의 세계를 떠올리게 된다.

오늘 찍은 가족사진은 단순한 사진 한 장이 아니다. 목덜미에 내려앉던 도시 뒷골목의 후텁지근한 열기, 숯불 연기가 눈을 찔러대던 삼겹살집의 매캐함, 몸 말리러 거리로 나온 지렁이를 밟아 미안해하던 아들의 눈빛, 헤어지기 아쉬워 깍지 낀 손에 힘을 싣던 녀석의 손바닥, 아득한 계단 위로 일렁이듯 멀어져가는 아들의 실루엣, 그 적막한 밤을 깨워주던 먼 곳의 경적소리. 이 한 컷 사진 속에서 식구 각자는 자신만의 푼크 툼을 기억해내겠지. 찰나가 포착한 숨은 이야기를 남기기 위해 오늘도 기꺼이 사진 속 풍경으로 앉아 본다.

그 울타리에 꽃불을

"몇 개의 문장을 더 쓰면 저녁이 온다. 몇 개의 문장을 더 쓰면 밤이 오고 겨울이 오고 봄이 온다. 너는 웃고 나도 웃고 몇 개의 문장을 더 쓰면 숲에 이른 문장을 보리라. 몇 개의 문장을 더 쓰고 어둠이 오면."

이준규 시인의 「문장」이란 시이다. 이 짧은 산문시를 발견하는 순간 온몸으로 화르르 벚꽃이 번졌다. 빠르게 퍼지는 술기운처럼 전신이 달아올랐다. 문장을 벼리는 시인의 마음이 펌프질하듯 순식간에 전해져 온다. 문장으로 저녁을 기다리고 문장으로 밤을 지새우며 문장으로 겨울을 나는 시인의 시간. 문장으로 봄을 맞고 문장으로 웃음 강을 건너 드디어 문장으로 숲에 이르는 그 시간의 불면. 다시 저녁은 오고 숲에 이르기까지 가없는 시인의 문장앓이.

몇 개의 문장을 더 쓰면 옷깃에 묻은 얼룩 같은 허물을 지울 수 있을까. 몇 개의 문장을 더 쓰면 눈물로 국숫발을 삼키던 당신의 설움을 이해할 수 있을까. 몇 개의 문장을 더 쓰면 계단 앞에서 꺾이던 당신 무릎의 바람 소리를 읽어낼 수 있을까. 몇 개의 문장을 더 써야 모진 생애처럼 드리운 눈썹 밑의 슬픔을 같이 아파할 수 있을까. 몇 개의 문장을 지나야 내 무딘 눈동자가 놓친 당신 손끝의 피로를 닦아줄 수 있을까. 몇 개의 문장을 지나야 물방울 듣는 당신 연둣빛 스카프에 내 연민의 방점을 보탤 수 있을까. 몇 개의 문장을 지나야 너무 빨리 피고 지는 저 봄꽃이 야속타는 당신의 혼잣말을 기억할 수 있을까. 몇 개의 문장을 지나야 쪼그려 앉은 당신의 슬픔이 나의 그것과 다르지 않음을 담아낼 수 있을까. 저렇게 숲은 멀리 있는데.

슬픔과 아픔으로 하루를 다독이는 이들이 몇 개의 문장을 엮는 순간, 쉽게 저녁은 가고 불면의 새벽이 온다. 그렇게 겨울을 나고 봄을 맞으면 남는 건 슬픔과 아픔이 아니라 그것이 빚어낸 구슬 같은 문장이리라. 몇 개의 문장을 지워야 무심코 지나친 먼지 밑의 시간들을 살릴 수 있을까. 몇 개의 문장을 지워야 더 힘껏 껴안지 못한 미완의 울타리에 꽃불을 피울 수 있을까. 여전히 숲은 멀기만 한데.

회고 미학을 경계함

시인 김수영은 수필 「가장 아름다움 우리말 열 개」에서 '마수걸이, 에누리, 색주가, 은근짜, 군것질, 총채, 글방, 서산대, 벼룻돌, 부싯돌'을 당신이 생각하는 아름다운 말 열 개로 꼽았다. 그 낱말에는 "어린 시절의 역사가 스며있고 신화가 담겨 있다."고 했다. 그러나 다음 뒷말이 머리칼을 곤추서게 한다. "그러나 이런 향수에 어린 말들은 (중략) 진정한 아름다운 말이라고는 할 수 없다. 그런 것을 아무리 많이 열거해 보았자, 개인적인 취미나 감상밖에는 되지 않고, 보편적인 언어미가 아닌 회고 미학에 떨어지고 마는 것이 고작이다."

'회고 미학'이라는 이 용어를 발견한 서늘함이 사라지기 전에 얼른 몇 글줄 쓰려한다. 오늘날 우리 수필은 재미없다는 비난을 종종 듣는다. 그러한 이유로 신춘문예 공모에서조차도 그 자리가 슬그머니 사라지기도 한다. 말이든 글이든 행동이든 사람의 마음을 움직일 때 살아있는 가치가 있다. 숙제해라고 아무리 엄마가 고함질러도 마음으로 받아들이지 않으면 아이는 빈 공책에다 낙서만 하다 잠들고 만다.

좋은 수필의 전형이라고 하는 글들을 보면 대개 면죄부 얻은 과거의 상투적 회고일 때가 많다. 툇마루에서 벌어지는 추억식 회고담은 당연한 선택이다. 거기서 묘사되는 모성의 희생은 위엄 깃든 찬사가 되고, 부성의 패악은 낭만적 양념으로 포장된다. 처음 한두 번은 마음결을 다독여주고, 내 과거를 돌아보게 하는 이런 글에 마음이 간다. 두세 번 읽다보면 그래서 어쨌다는 건데 하는 반발감이 생긴다. 사람들은 으레 수필은 이래야만 하는 것이구나, 하면서 흥미를 잃게 된다. 김수영식 대로라면 '회고 미학에 떨어지고 마는' 것이 되어 그들만의 잔치로 되돌이표를 하게 된다.

우리 의식은 좀 더 현재적 가치의 타당성에 가깝도록 점진적으로 변형된다. 쌈박한 개별자의 개성이 저만치 앞서가고, 어쩌면 이런 것이 새로운 보편성의 패러다임에 가까운데 언제까지나 의고적이고 훈계적인 말들로 향수를 포장하고 파는 데만 머물 것인가. 무려 반백 년 전에 이런 회고 미학의 경계성을 단언한 시인의 통찰이 놀라울 뿐이다.

자업자득

방과후 문예 활동 시간에 '내 방'이란 소재로 열 줄 글쓰기를 했다. 제한된 시공간에서 할 수 있는 가장 좋은 글쓰기 지도 방법 중의 하나가 '열 줄 쓰기'이다. 한 학생의 글에서 눈에 불이 번쩍 드는 느낌을 받았다. 엄마에 대한 전적인 애정과 신뢰가 묻어나는 글이었다. 처음엔 부러움이 일었는데 나중엔 부끄러움이 온몸으로 퍼지는 기분이었다.

"내 방은 여관이다."로 시작하는 첫 문장 앞에서 나는 벌써 긴장했다. 아침 일찍 나갔다가 저녁 늦게 들어오는 학생 생활이다 보니 '내 방'이란 현실은 잠만 자게 되는 공간이다. 그런 방도 밤새껏 어지럽혀 놓고 나오기 일쑤인데 저녁에 집에 들

어가 보면 가지런히 정리되어 있단다. 마치 여행지에서 들른, 섬세한 곳까지 신경 쓴 깨끗한 잠자리를 만난 것처럼 잘 치워져 있단다. 좀 더 쾌적한 밤을 보내라고 엄마는 딸이 등교한 뒤 아침마다 방청소를 한단다. 엄마의 그 정성을 알기에 딸은 '내 방'이란 글감으로, 자신에 관한 이야기 대신 '모정'에 대한 찬사를 표현한 것.

그 학생의 엄마가 부러우면서 나 스스로는 몹시 부끄럽다. 일방적인 관계는 없다. 자식이 부모 생각하는 마음은 누가 시킨다고 되는 게 아니다. 엄마 스스로 모범을 보이면 딸은 자연스레 보고 배운다. 물 맑아 손으로 떠 마실 것인지, 탁한 물에 코를 풀 것인지의 열쇠는 엄마에게 달려있다. 한석봉 엄마가 맹자 엄마보다 위대한 건 환경을 만들어주는 것도 중요하지만, 열악한 환경에서도 제 성실을 몸소 실천했기 때문이다. 이것 해라, 저것 해라 지시하는 엄마보다 묵묵히 진심을 실행하는 엄마가 자식에겐 더 나은 본보기가 된다.

방 한 번 제대로 청소해 준 적 없으면서, 치우라는 무언의 한숨이나 짓는 나 같은 엄마를 둔 딸들은 제 방 문을 쾅 닫은 채 무엇을 할 것인가. 엄마에 대한 애틋한 헌정사를 쓰는 대신 잘못 만난 엄마를 원망하는 랩 가사나 쓰고 있으리라. 친구를 얻으려면 먼저 좋은 친구가 되어주라 했다. 딸 맘을 얻으려면 먼저 모범을 보이는 모성이어야 한다. 베풀지 않고 바라는 건 과욕이다.

아이, 상큼해!

　몇 년 전 교육방송에서 본 한 장면. 몰래 카메라 기법으로 동심을 추적하는 프로그램인데, 예닐곱 살 되는 여자 아이가 엄마 심부름을 간다. 바람이 살랑살랑 부는 들길을 혼자 걸어가는 아이는 연신 이맛머리를 쓸어 올리며 '아이, 상큼해!'라고 말한다. 자신을 믿고 엄마가 과제를 내준 것만으로도 신이 나는데, 맑은 공기와 봄을 재촉하는 바람을 만나니 저런 감탄사가 절로 나오는 모양이다. 긍정의 말이 자연스레 몸에 밴 아이를 보는 순간 내 기분도 덩달아 상쾌해진다.

　아이가 저렇게 귀엽고 매력 있게 말하는 건 엄마의 양육 태도 덕분일 거라는 생각이 들었다. 동심에서 나오는 말이라고

다 때 묻지 않는 것은 아니다. 동심의 혀에서 나오는 말이라도 계산이 들어 찰 수 있고, 영혼을 파괴할 수도 있다. 대개 말이란 경험과 학습에 의해 좌우된다. 긍정적이고 진취적이며 밝은 언어를 쓰는 엄마 곁에 그런 언어를 쓰는 아이가 있을 확률이 높다. 따뜻한 봄바람 앞에서 '아이, 상큼해!'를 연발할 수 있는 건 아이의 본 심성이 고운 것도 있겠지만, 좋은 언어 습관을 지닌 부모 덕이기도 할 것이다. 엄마가 나오는 장면을 보지 않아 확신할 수는 없지만, 분명 아이 엄마의 언어 습관은 긍정적인 것들로 가득 찼으리라.

쓰는 말의 틀에 따라 품격이 달라진다. 맘은 그렇지 않은데 자꾸 상대가 오해하거나 상대의 기분을 상하게 했다면 그것은 말을 잘못 부린 탓이다. 돌팔매질이 들어간 말보다는 봄바람 같은 상쾌함이 깃든 말을 학습할 수 있는 기회가 많다는 건 얼마나 축복받은 일인가. 그런 이의 말은 나이테가 늘어나도 말의 심지가 훼손되지 않을뿐더러 부드럽고 따뜻하기만 하다. 덕의 시작은 말이라고 했다. 말이 정돈되고 순하면 행동 또한 그러하다. 그런 쪽과 거리가 먼 나는 그 아이의 상큼한 발언에 매혹당해 이런 반성적인 글이나 쓴다. 제발, 순하지 않아도 될 폭발적이고 정의로운 한 순간을 위해서라도, 평소 언어 습관은 '아이, 상큼해!'의 범주 안에 들어가 있기를!

만날 사람 다 만나면

박경리 선생 일대기를 읽는 밤, 뜬 눈으로 지샜다. 만인의 사랑을 받는 『토지』는 거저 나온 게 아니었다. 어떤 사람이 작가가 되는가? 안녕과 평화를 친구 삼는 사람은 좋은 사람은 될 수 있을지언정 결코 좋은 작가는 될 수 없다. 좋은 사람이 되는 것도 어렵지만 좋은 작가가 되는 건 더 어렵다는 걸 알겠다.

큰 작가인 박경리 선생은 고뇌 가득 찬 삶을 살도록 운명 지어진 분처럼 보인다. 작가로서 우뚝 선 그날까지 선생에겐 편할 날보다 험한 날이 더 많았다. 부성父性에게서 내침을 당한 어린 시절을 거쳐 너무 짧은 결혼 생활과 남편의 사망, 어린

아들의 죽음, 병마와의 싸움, 사위의 감옥 생활 등등 한 여자로서 겪어야 할 온갖 고통을 선생은 친구처럼 곁에 두었다.

일상인으로선 감당하기 힘겨운 시간들이었겠지만 그 고통의 총화 덕에 선생은 작가로서 성공할 수 있었는지도 모르겠다. 고난을 이겨낸 선생의 작업 덕에 독자들은 평생 충만한 독서를 하게 된 셈이다. 살아생전 선생이 즐겨하지 않은 것 세 가지는 여행, 쇼핑, 기계사용이었다. 글 쓰는 사람, 더구나 많은 노동시간을 필요로 하는 소설가는 글 이외의 것을 생각해서는 그 뜻을 이루기 어렵다. 원고지 십만 매 채우기는 여행과 쇼핑에서 멀수록 가깝기 때문이다. 선생에게 유일하게 허용되는 문명의 이기는 몽블랑 만년필과 선풍기 두 대였단다. 힘들 때마다 사마천을 생각하며 썼다는 선생의 올곧은 작가정신 앞에서 할 말을 잃게 된다.

"모진 세월 가고 / 아아 편안하다 늙어서 이리 편안한 것을 / 버리고 갈 것만 남아서 참 홀가분하다" 이처럼 끌어안고 가는 불편함이 아니라 버릴 수 있는 홀가분함을 찬미할 수 있는 노년은 아무에게나 주어지는 게 아니다. 대부분의 사람들이 회한으로 어룽진 삶을 회고할 때 선생은 편안히 놓고 가는 삶을 노래했다. 굽이친 한 생을 꽃 피운 자만이 누릴 수 있는 여유다. 살아생전 선생 행보에 아우라가 느껴지는 한 말씀, "오라는 데 다 가고 만날 사람 다 만나면 글은 언제 쓰노?" 굳건한 선생의 기상 앞에서 숙연해지는 아침이다.

맞춤법 한 번 까탈스럽다!

홍길동이 아비를 아버지라 부르지 못했듯이, '짜장면'을 짜장면이라 적을 수 없었던 한때가 있었다. 된소리, 거센소리 추방하여 명랑시민 길들이자, 라는 캐치프레이즈가 통하던 시절 이야기이다. 군말 필요 없이 짜장면은 짜장면일 때 제 이름값을 제대로 한다. 매가리 없는 '자장면'으로는 어림도 없다.

백성들의 언어 습관까지 관장하려는 당국에 맞서 민초들은 일부러 '자장면' 대신 '짜장면'을 힘주어 외치곤 했다. 그 투쟁으로 짜장면은 이제 온전한 제 이름을 되찾게 되었다. '자장면'이 품고 있는 교양미(?)에 대한 미련을 버리지 못한

당국은 겨우 자장면과 동거하는 수준에서 짜장면을 허락했지만 그쯤은 상관없다. 짜장면은 애초에 교양이나 지성과는 어울리지 않는 지극히 서민적인 낱말이므로.

글 모임에서 합평회를 했다. 표준어규정이 또 도마 위에 올랐다. 이번엔 짜장면이 아니라 '까탈스럽다'가 그 대상이었다. 규정에 의하면 그것은 '까다롭다'의 잘못된 표기란다. 표준어규정 제25항의 '의미가 똑같은 형태가 몇 가지 있을 경우, 그중 어느 하나가 압도적으로 널리 쓰이면, 그 단어만을 표준어로 삼는다.'에 근거를 뒀다나.

하지만 '까탈스럽다'의 경우 그 기준에 동의하기 어렵다. '까다롭다'가 '까탈스럽다'보다 널리 쓰인다고 보기도 어렵고, '까다롭다'와 '까탈스럽다'는 쓰임새 자체가 다른 말이기 때문이다. 전자가 상황이나 조건에 쓰이는 말이라면 후자는 대상의 성격을 표현할 때 맞춤한 말이 아니던가. 예를 들면 '문제가 까다로워 풀기가 어려웠다, 까탈스러운 그의 성격 때문에 분위기가 엉망이 되었다' 등으로 활용할 수 있다.

자연스럽고 타당하게 쓰이는 낱말들이 우리말법이란 규제에 갇혀 옴짝달싹못할 때 언중은 혼란스럽기만 하다. 다양한 말들이 표준어규정 안으로 들어갈 수 있고, 그로 인해 말의 쓰임새가 함부로 가둬지는 느낌이 덜했으면 좋겠다. 규정이나 규칙이라는 프레임이 너무 엄격하게 씌워지는 동안 호흡 곤란을 일으키는 낱말들이 얼마나 많을 것인가. 뒷전으로 밀려난, 합리적 수용 대상의 언어들이 하루 바삐 제 날개를 달 수 있었으면 좋겠다.

먹은 밥은 시가 되고

볕 좋은 오후였고, 가까운 곳에서 갈바람이 불어왔다. 안절부절못할 만큼의 풍요를 부르는 바람이라면 피우는 자만이 제대로 누리는 것이 될 터였다. 모의하지 않는 곳에 신화가 만들어질 리 없고, 저지르지 않는 곳에 전설이 피어날 리 없다. 가을의 전설과 바람의 신화를 꿈꾸는 지인들 몇몇이 맘내키는 대로 모였다.

하늘은 더없이 공활했고 떠도는 구름 빛마저 가을을 예고했다. 마당 넓은 집 테이블에는 결실을 증명하는 갖가지 먹거리들이 차려졌다. 배고픔을 가장한 사랑에 허기진 사람들, 바쁜 손놀림으로 투덕투덕 익어가는 삼겹살을 뒤집거나 아귀 아귀 서로의 입에다 갓 싼 쌈을 넣어주곤 했다. 쑥부쟁이무침에 지나는 바람 한 점 불러, 웃음보에 싸먹는 이 순간이 천국이라고 누군가 중얼거렸다. 좋은 사람들끼리 주고받는 눈길은 헤플수록 무죄였다. 한 잔의 차로 부른 배를 달랠 즈음에야 마당 앞의 길고 팽팽하게 당겨진 빨랫줄이 눈에 들어왔다. 쪽물 들인 천을 말리는 주인장의 심지 굳은 표정처럼 서있는 바지랑대와 툭툭 잘린 유년의 기억처럼 매달려 있는 빨래집게 위로 이른 별이 뜨고 있었다. 아쉬울 때 자리 뜨기 좋은 최적의 시간만 남았다.

주인장의 간곡한 만류가 있었다고는 하나 설거지거리만 잔뜩 남긴 채 헤어지는 발걸음이 가볍지만은 않았다. 안현미 시인의 시구가 떠올랐다. "돌멩이가 외로워질 때까지 / 나는 그게 시라고 생각한다 / 서둘러 산책을 마치고 사무실로 돌아가는 / 점심시간 / 내가 먹은 밥은 그곳에 있다 / 나는 그게 시라고 쓰고 싶다"

갓 차려낸 따뜻한 밥상은 판타지이자 동화이고, 물리고 난 밥상은 삶이자 시이다. 발랄한 평화로 그 판타지를 누리는 것은 손님의 책무요, 무연한 뒷정리로 현실의 시를 잣는 것은 주인의 기쁨이렷다! 판타지의 향연이 지난 자리에 시의 알곡이 남았으니, 객으로서 설거지를 놓친 미안함은 주인을 위한 웅숭깊은 배려였다고 자위해도 될라나. 이 가을 설거지도 못하고 떠나온 자의 어설픈 변명은 시인이 대신해준다. 우리가 먹은 밥의 모든 흔적은 시라고.

시크와 시니컬

의외로 잘못 알고 쓰는 외래어가 있다. 그 중 하나가 '시크 chic'라는 말이다. 나 역시 그 단어를 내 식으로 활용하고 있었다. 뭔가 도도하고 무심해 타인의 의사에 휘둘리지 않을 것 같은 사람더러 '시크하다'고 표현해왔다. 우연히 인터넷 게시물을 보다가 그런 뜻이 아니라는 걸 알게 되고 당황했다. 당장 사전을 검색해 봤다. 시크하다 - '세련되고 멋있다'라고 되어있다. 도도하다, 차갑다 등 소위 '쿨하다'는 의미는 그 어디에도 없다. 하기야 도도하고 무심한 것이 세련되고 멋있는 것과 아주 먼 거리는 아니니 크게 잘못되었다고는 할 수 없겠다.

시크란 말은 패션용어로 우리나라에 처음 들어왔다. 독일어로 세련되고 맵시 나는 경우를 일컬을 때 쉬크schick라고 한다. 이 말이 프랑스어를 거쳐 영어로 보편화되었고, 우리나라에 들어와서는 약간 다른 뜻으로 쓰이는 모양새다. 원래 화려한 원색이 아니라 흰색과 검정색 톤의, 차분하면서도 도회적 감각을 추구하는 패션을 두고 시크하다는 표현을 쓴다. 한데 세련되고 멋있다, 라는 말은 무심한 듯 도도한 것과도 묘하게 어울린다. 그래서 패션 용어에만 머물지 않고 성격을 규정하는 말로도 쓰이면서 그 뜻이 조금 변형된 게 아닌가 싶다.

시크란 말이 우리나라에 와서 약간 다르게 쓰이는 건 비슷한 어감을 지닌 '시니컬cynical'이란 단어와도 무관하진 않겠다. 냉소적인 데가 있다는 의미인 이 말이 시크와 비슷한 발음을 지닌 데다, 시크의 어원이 시니컬이라고 착각할 수도 있기 때문이다. 어딘지 모르게 냉정한 시선으로 세상을 바라보는 사람더러 우리는 별 생각 없이 "그 사람 시크해."라고 말해왔다. 한데 그 원뜻이 그 사람은 세련되고 멋있어, 라는 것이었다니 그나마 다행일까. 냉소적이면서 이기적인 도회풍 사람들이 멋있고 세련된 패션을 보여주는 경우가 많으니 아주 잘못된 표현이라고도 할 수 없다.

적당히 시크한 패션을 고수하는 사람이 약간은 시니컬한 성격을 보여줄 때 시중에서 일컫는 '시크함'이 완성되는 건 아닐지. 그러니 시크한 자, 시니컬해도 용서하려다.

소설 쓰기의 어려움

글쓰기는 자기와의 싸움이다. 확고한 의지 없이는 제대로 된 한 편의 글을 내놓기 어렵다. 주변인과의 약속도 미뤄야 하고, 스마트폰의 유혹도 이겨야 하며, 쏟아지는 잠도 극복해 야 한다. 내 안에서 풀어진 나를 다독이지 않으면 절대로 가 시적인 생산물은 나오지 않는다. 제 안의 악마와 싸워 이길 수 있는 자라야 글로서 우뚝 설 수 있다. 왜 극소수의 작가만 이 살아남겠는가. 그들은 스스로 부딪치며 견뎠고, 끝내 싸워 서 이긴 자들이다.

쓰는 글이 소설인 경우, 쓰는 이는 시간과 노동이란 이중고 를 겪어내야 한다. 소설은 머리로 쓰는 게 아니다. 가슴으로 쓰는 것은 더더구나 아니다. 머리는 어떤 소설을 쓸 것인지 생각하는데 필요하고, 가슴은 활자화된 소설 앞에서 일어나는 여러 정서적 반응 기제의 확인처일 뿐이다. 소설 쓰는 데는 애오라지 묵직한 엉덩이와 예민한 손끝만이 필요하다. 많은 사람들이 소설 쓰기에 안착하지 못하는 이유 중의 하나가 이 두 가지를 끝내 넘어서지 못하기 때문이다. 여건이 안 되고 시간이 부족한 핑계가 마련되어 있는 한 점점 소설 쓰기는 멀어진다.

위의 얘기는 내 것이기도 하다. 시간은 한 번도 내 편이 되어 준 적이 없었고, 글쓰기의 노동 강도 앞에 못 갖춘 체력은 언제나 무너졌다. 날마다 고군분투한 것 같지만 언제나 악마의 승리로 아침을 맞았다. 그렇다. 이 모든 건 핑계다. 묵직하게 의자에 앉아 있질 못하고, 예민하게 손끝을 놀리지 못한 자의 자기변명일 뿐이다.

삶이 빈약하니 사유가 빛날 리 없다. 대상을 바라보는 시선만 있고, 그것을 받쳐줄 철학이 부족하다 보니 초조하게 시간만 보낸다. 내 안에 제대로 된 심지 하나 없어 독자에게 가더라도 공명하지 못할 소설, 이런 부담 때문에 오래 앉아 있어도 쉬이 써지질 않는다. 지나친 자기연민이나 자기성찰은 소설 쓰기의 제일 방해요소이다. 그걸 알면서도 자책에서 헤어나기 쉽지 않다. 그래도 오직 써라. 그에 대한 판단은 잠시 미뤄도 괜찮다. 이렇게 스스로 위로하며 버티는 나날이다.

고랑과 이랑

    텃밭이란 제목의 누군가의 글을 합평하는 자리에서였다. 좋은 글을 앞에 두고 나는 낱말 공부부터 제대로 해야 했다. 농사를 지어본 적 없으니 '밭'에 관련된 낱말들의 개념이 확실하게 잡혀 있지 않아 헷갈리기만 했다. 먼저 '사래'라는 말. 남구만의 그 유명한 시조에 나오는 "재 너머 사래 긴 밭을 언제 갈려 하느냐" 할 때 나오는 그 단어이다. 앉은 자리에서 스마트폰으로 인터넷 검색을 한다. '이랑의 길이'나 '이랑의 옛말'을 일컫는단다. '사래 긴 밭'이란 관용구가 예문으로 쓰이는 걸로 보아 '사래'는 이랑이 좀 길게 이어질 때 활용할 수 있는 말이란 걸 알겠다.

그다음 자연스럽게 '이랑'과 '고랑'에 대해서도 사전을 찾아보게 되었다. 자주 들어온 말이지만 개념이 확실히 잡히지 않던 차에 잘 되었다 싶었다. 이랑은 '고랑 사이에 흙을 높게 올려서 만든 두둑'을 일컫는 말이고, 고랑은 '두둑한 땅 사이에 길고 좁게 들어간 곳, 이랑에 상대한 말'이라고 사전에 나와 있다. 그제야 두둑한 이랑과 움푹한 고랑이 머릿속에 그려진다.

해풍에 일렁이던 보리밭에도, 무서리 맞으며 단단해지던 배추밭에도 이랑과 고랑은 있었다. 다만 농사를 모르니 한 번도 그걸 의식해본 적이 없었을 뿐. 배수와 통풍의 길인 고랑이 없다면 씨앗과 열매의 길인 이랑도 보장되지 않는다. 제대로 된 농사라면 고랑 없는 이랑도, 이랑 없는 고랑도 없다. 둘이 맞물려야 수확의 기쁨을 장담할 수 있다.

그러니 지금 처한 상황이 고랑이라고 의기소침할 일도, 이랑이라고 의기양양할 일도 아니다. 이듬해 이른 봄, 밭갈이 한 번이면 기왕의 이랑과 고랑은 흔적도 없이 사라지고 그 자리엔 새로운 이랑과 고랑이 생겨난다. 그러기에 현명한 조상들은 "고랑도 이랑 될 날 있다."는 말을 남기지 않았을까. 이랑이 고랑 되고, 고랑이 이랑 되는 건 지구촌의 법칙. 이 밤, 이랑 드높이기 위해 저마다의 고랑에서 숭고한 호미질을 하고 있을 모든 이에게 평화를!

느리고 깊게 읽기

    속독(또는 다독)이냐 정독이냐에 대한 답은 없다. 취향의 문제인데다 처한 상황에 따라 다르기 때문이다. 빠른 시간 안에 많은 정보를 습득해야 하거나 이야기의 흐름에 관심이 많으면 자연히 속독 쪽으로 치중하게 된다. 반면 읽어내야 한다는 강박이 없으면서 문맥 하나하나에서도 소우주를 발견할 만큼 의미를 부여하는 치라면 정독이 어울린다.

    속독하다 보니 자연스레 다독하게 되는 사람들은 많다. 그건 이상할 것도 부러울 것도 없다. 하지만 다독자이면서 정독하는 사람들은 드문데, 그런 사람들이야말로 책 읽기의 고수이다. 책에 관한 온갖 정보와 리뷰를 공유할 수 있는 인터넷

서점에 가면 그런 사람들이 넘쳐난다. 밥벌이로서 직장이 있을 터인데, 많이 읽으면서 깊이까지 있으니 시쳇말로 저들이 사람일까 싶을 때가 한두 번이 아니다.

많이 읽으면서 깊이까지 있으면 좋겠지만 그게 안 되는 나 같은 이는 차선책으로 적게 읽어도 제대로 읽어야겠다는 생각을 해본다. 많이 읽으면서 얕게 읽는 것보다는 그게 나을 것 같다. 한 달에 삼십 권 읽는 것보다 세 권을 제대로 읽는 게 더 나은 독서법일 테니까.

제대로 읽는다는 명분하에 내게 눈도장 찍힌 책들은 대개 지저분해져 있다. 한 문장 한 문장에 매료된 상태에서는 밑줄 긋지 않을 수 없고, 책갈피를 접는 것도 모자라 옮겨 적고 싶은 구절엔 별표들이 넘쳐난다. 책이 더러워진 만큼 애정의 강도가 높아졌다고나 할까. 한 번 읽고 책장 안에 모셔진 것보다 느리게 보듬어 닳은 책이 제대로 사랑받은 셈이다.

빨리 읽고 많이 읽는 것은 중요하지 않다. 적게 읽더라도 깊게 다가와 읽는 이의 영혼을 한 방 때려줄 수 있는 서늘함,

그것이 제대로 된 읽기이다. 카프카가 『변신』에서 이런 말을 하지 않았던가. "책이란 무릇, 우리 안에 있는 꽁꽁 얼어버린 바다를 깨뜨려버리는 도끼가 아니면 안 되는 거야."

해설 – 어느 소설가의 투명한 소망

김윤규 문학평론가, 한동대학교 교수

1. 어려운데

김살로메의 소설집 『라요하네의 우산』을 받았다. 하룻밤 사이에 다 읽었다. 그리고 가슴을 쓸면서 안도했다. 그이가 나에게 소설집의 평론을 부탁하지 않았기 때문이었다. 다행이다.

김살로메의 소설은, 새파란 비수를 허리춤에 꽂은 자객이 달빛 아래 매화향기를 맡는 그림 같다. 저렇게 매화향기에 취한 여인이 설마 자객일까. 그러면 아까 언뜻 본 서늘한 검광은 어디서 온 것일까. 소설평론이 아니라서 정말 다행이다.

남의 글을 읽고 연구하는 것은 괴로운 직업인데, 참 재미있는 일이다. 쓰라면 작가의 반도 못 쓸 주제에, 온갖 되잖은 말을 모아다가 겉멋을 좀 풍기면서 글을 쓰면 된다. 이를테면, 어떤 장르의 글을 읽으면 글쓴이가 가장 잘 드러날까. 소설은 스스로 고백하는 줄도 모르면서 자신을 고백하는 문학이고, 이런 내면의 단상 글은 알고 고백하는 문학이다. 그러면 어느 고백이 정말 그이일까. 이런 질문을 해 놓고, 지은이도 모르고 한 고백을 소리 내어 말해 버리곤 한다. 괴롭지 않을 수가 없는데, 재미있다.

김살로메의 짧은 산문집 『미스 마플이 울던 새벽』을 읽었다. 며칠이 걸렸다. 큰일 났다. 그이는 나에게 이 글의 평론을 써 달라고 부탁했다. 어쩌면 좋을까. 그이는 알려진 소설가인데 산문집을 낸다. 그이는 자신의 무엇을 고백하려는 것일까. 산문이니까, 대놓고 고백하겠다고 했으니까, 그이는 자기 허리춤의 날선 단도를 살짝 보여주려는가. 혹시 검광을 못 보고 옷깃만 스치면 어쩌나. 낭패다.

2. 바탕색에

『미스 마플이 울던 새벽』에는 지은이의 몇 가지 내면풍경이 펼쳐져서 독자를 기다리고 있다. 가장 기본적인 것은 물론 그이의 일상이다. 책을 열어 보면, 잔잔한 일상을 배경그림으로 깔고, 그

위에 좀 여러 장의 자화상을 전시해 두었다. 그림 속의 그이는 책을 읽고 가족을 사랑하고 이웃과 정을 나누다가, 깜짝, 깨달은 것이 있으면 메모를 하고 소설을 쓴다. 그리고 이 모든 그림의 물감은 그이의 감성이다.

애인이 없으면 어때. 우요일雨曜日엔 우인友人이란 말이 있잖아. 단 둘보다는 세탁기 속 가득 돌아가는 빨래처럼 출렁대며 가는 거지. 물에 젖은 흙신발에 발판이 마구 젖어도 괜찮아. 봄비 오시는 날이니까. 저 산허리만 휘돌면 옥죄었던 고삐를 맘껏 풀어도 좋아. 안개 나라에선 느슨하고 무너질수록 환영 받기 쉽다고 했어. (라)

사는 게 시시하고 막연할 때마다 아름드리 버즘나무 아래서 봄비 여행길을 채비하던 그대들이 떠오를 거야. 그땐 이성을 버리고 지금처럼 오직 센티멘털의 전송법으로 편지를 쓰겠어. 봄비 또는 안개 나라 그날이 떠오른다고. 그럼 됐지, 뭘 더 바라겠어. (「봄비 또는 안개」)

멋지다. 그이는 이런 상태를 '이성보단 감성'이라고 했다. 수필은 청초하고 몸맵시 날렵한 여인이 산책하는 오솔길이라고 했는데, 여인의 표정은 좀 새초롬해도 좋겠다. 그이의 산책길에 잔잔한 감성이 깔려 있으면 더욱 좋겠다. 더욱이 김살로메는 독자에게 같이 산책하자고 손을 잡아끈다. 우리도 공감하는 감성을 장착해야 될 모양이다.

그러니 설워 말자. 돌아오지 않는 그 여행의 상흔이야말로 스스로를 단련시키는 뿌리가 되리니. 따라서 첫 슬픔의 매혹이었을 그것들을 때가 오면 담담히 놓아주자. 더욱 단단해지고 찬란해지기 위해서는 돌아오지 않을 여행도 필요할 것이니. 의혹으로 흔들리는 누군가의 눈빛 앞에서, 맞닿을 수 없는 협곡 같은 절망이 처음으로 그대 입술을 적신다면 이제 돌아오지 않을 여행을 할 때다. 돌이킬 수 없는 그 눈빛 잎에서 돌아오지 않을 것들이야말로 찬란한 눈부심이라고 스스로를 축복할 일이다. 돌아오지 않아야 할 모든 '첫'에 대해 위로받고 싶은 새벽의 불면.(「돌아오지 않을 것들」)

김살로메는 이 책에서 단 두 편 만에 감성을 바탕색으로 칠하는데 성공했다. 좀 더 듣고 싶었는데 이 새초롬한 감성은 딱 거기까지이다. 소설가의 감성은 시인의 감성과 아주 다르다. 아무리 감성의 언어를 내놓아도, 소설가는 그 뒤춤에 감추어 둔 소설적 이야기의 냄새를, 어쩔 수 없이 흘린다. 김살로메의 산문에도 색칠된 일상에서 들려주고 싶은 자기 이야기들이 빼죽이 내다보고 있다. 풍경화 저 구석에서 고개를 내민 개구쟁이처럼. 그러다가 들키면 써먹으려고 미리 이야기를 깔아 두었으므로 그이는 소설가이다.

제 안에 똬리를 틀고 있던 손님에 대한 거부감을 청년은 몰랐겠지만 당사자인 프로이트는 금세 읽어 버렸다. (략)
하지만 타인에 앞서 나를 알려면 이 정도의 따끔거림 정도는 감내해야 한다. 걸쳐 놓은 코트를 상대가 눈치 채기 전에 얼른 의자 쪽으로 걸어가야 한다. 코트를 걷어 낸 그 의자엔 초대받아 들뜬 프로이트를 위한 따스한 방석을 깔 일이다.(「코트의 진실」)

3. 생동하는

사실 꼭 그럴 필요는 없지만, 답답한 사람을 만나면 고쳐주고 싶을 때가 있다. 당연히 그들도 내가 답답하겠지. 그들이야 뭐라든, 나는 저 답답한 자들이 진짜 답답하다. 저건 고쳐야 한다. 내

지성의 빛남을 걸고 맹세하건대, 저걸 고치지 않는 것은 내 존재에 대한 모욕이다. 이게 소설이다.

수필류의 글은 다르다. 일단 이들은 타인의 생각에 공감하려고 노력한다. 그러니까 저들도 나름의 이유는 있을 거라고 생각하려고 한다. 어차피 이해하기는 어렵다. 다음으로, 내 속에서 저런 단점이 나타나지는 않는지 반성한다. 그리고 다시는 그러지 않겠다고 다짐한다. 그래야 수필이다. 아주 안전하게 수필이 되는 길이다.

김살로메는 어떨까. 그이 역시 그 길로 안전하게 걸어간다.

『어린 왕자』에서 여우가 말했다. 잘 보려면 마음으로 봐야 한다고. 머리로만 봐서는 상대의 마음에 가 닿을 수 없다. "나뭇잎이 눈을 가리면 태산도 보이지 않고, 콩이 귀를 막으면 천둥소리도 듣지 않는다."고 했다.(ㄸ)

별것 아니게 보이는 무심함이 온 우주를 멍들게 할 수도 있다. 의식하지 못한 사이, 피로한 습관 같은 것이 되어버린 이 무신경한 눈과 귀. 저 내리는 장맛비에 깨끗이 헹궈내고 싶다.(『제대로 본다는 것』)

이런 반성류 글의 목적은 무엇일까. 대체로 타인의 잘못을 보고 일으키는 자기반성이 창작의 동기가 된다. 그러나 뜻밖에도 이런 글은 지은이로 하여금 심리적 안도에 이르게 하는 효과가 있다. 타인을 반면교사로 하여 동일한 실수에 이르지 않게 하는 효과도 있지만, 자신이 과거에 저지른 유사한 잘못을 고백하는 과정을 통해 자기정화를 경험하게 하는 것이다. 수필은 대부분 그 결과 다다른 깨달음으로 글을 맺는다. 타인의 결함은 나에게도 있다. 그 점에서 나는 그들과 같다. 그런데 나는 반성하고 있고 수정할 참이다. 그 점에서 나는 그들과 다르다. 그리고 마침내 나는 세계가 나에게 기대하던 승복에 도착한다. 세계는 안정을 되찾았고 나는 안전하다. 여기까지가 길이 잘 든 수필들의 나날이다.

그런데 김살로메는 이런 수필류 작법이 위험하다는 것을 알고 있다. 그이는 이것이 얼마나 퇴영적이고 자기복제적인지를 정확하게 지적하고 있다.

좋은 수필의 전형이라고 하는 글들을 보면 대개 면죄부 얻은 과거의 상투적 회고일 때가 많다. 툇마루에서 벌어지는 추억식 회고

담은 당연한 선택이다. 거기서 묘사되는 모성의 희생은 위엄 깃든 찬사가 되고, 부성의 패악은 낭만적 양념으로 포장된다. (랙)

두세 번 읽다 보면 그래서 어쨌다는 건데 하는 반발감이 생긴다. 사람들은 으레 수필을 이래야만 하는 것이구나, 하면서 흥미를 잃게 된다. 김수영식 대로라면 '회고 미학에 떨어지고 마는' 것이 되어 그들만의 잔치로 되돌이표를 하게 된다.(「회고 미학을 경계함」)

김살로메가 소설가인 이유는 이쯤에서이다. 그이는 여기서 다시 고개를 내밀기 때문이다. 이런 반성류 글에 머물러 있기에는 그이 속에 이야기가 너무 많다. 그 이야기들은 땅에 묻고 바위를 얹어 놓아도 아래로 뿌리를 내려서 고개를 내민다. 항복을 내면화한 교훈적 고백의 세계는 그이에게 너무 답답하다. 김살로메는 계속해서 저항하기 위해 노력한다. 그이가 실은 소설가이기 때문이다.

강요된 건전과 부자연스런 절제가 '명랑'이란 말로 포장되었던 당시 의식이 오늘날에 와서 완전히 고리를 끊었다고는 할 수 없다. 경성의 불온함을 허하지 않았던 것처럼 아직도 우리 사회는 개별자의 건전한 불온을 허락하지 않는 구조이다. 프랑스와즈 사강이 말했던가. 사회에 민폐를 끼치지 않는 선에서 나는 나를 파괴할 권리가 있다고. 통제를 위한 명랑이 아니라 개방을 위한 명랑일 때 '명랑'이란 말의 순도 높은 진정성이 담보된다.(「명랑」)

그저 남들처럼 사회의 구조와 단어의 의미만 답답한 것이 아니다. 나와 그대가 결정적으로 다르지 않은데, 크고 작은 것은 대수인가. 다른 것은 틀린 것인가. 실수는 반드시 수정되어야 하는가. 왜 그대는 그렇게 많은 의무를 요구하는가. 김살로메는 뭔가 눈치챈 것이 있다. 그이는 마침내 말한다. 내가 당신과 같기를 바라지 마라. 그러므로 내가 당신과 다르다고 답답해하지 마라. 당신과 달라서 내가 얼마나 행복한지 아는가. 내 기쁨은 당신에게 설명하기조차 아깝다.

시 읽기의 또 다른 즐거움은 오독誤讀에 있다.(략)
시 한 편을 쓴 소설가가 시인에게 그것을 읊어 주겠다고 했다. 취중 시인은 그러라고 고개를 끄덕였다. 소설가가 짧은 시를 읊었다. "벙어리도 꼬집히면 우는 것을." 한 구절을 들은 시인이 무릎을 쳤다. "명작이다, 명작. 벙어리도 꽃이 피면 울다니."(략)

어쩌면 발화자인 시인들 스스로 그들의 시를 기꺼이 오독해주기를 바랄지도 모르니까.(「오독의 자유」)

4. 고백

그러면 소설가인 김살로메가 이 단상을 왜 쓴 것일까. 그이는 자신이 소설가인 것을 이 글 속에 감추려고 많이 노력했다. 그러나 짝사랑을 감추는 것이 차라리 쉽지, 소설가가 글을 쓰면서 자신을 숨기는 것이 가능한가. 그이도 알았을 것이다. 그런데 왜 썼을까.

아마 짧은 산문을 통해서라도 쓸 수밖에 없는 이야기가 있었을 것이다. 소설로 묶기에는 싸움이 되지 않는 일들. 아무리 싸우려고 해도 미소부터 나오는 소재. 심지어 내 뺨을 때리는데도 안아주고 싶은 상대. 그런 상대가 있었을 것이다. 그게 누구인가.

김살로메는 아주 대놓고 그 상대를 고백했다. 가족. 친구. 문학.

오늘 찍은 가족사진은 단순한 사진 한 장이 아니다.(략)
이 한 컷 사진 속에 식구 각자는 자신만의 푼크툼을 기억해내겠지. 찰나가 포착한 숨은 이야기를 남기기 위해 오늘도 기꺼이 사진 속 풍경으로 앉아 본다.(「사진에 대한 단상」)

김살로메는 결코 이 싸움에서 이길 수 없다. 그이는 싸울 생각
도 없고 이길 마음도 없다. 그러므로 김살로메에게 가족이라는 소
재는 수필류 단상으로만 쓰일 수 있다.

그이의 글에 의하면, 김살로메는 많은 친구들을 가지고 있으며
아주 좋은 관계를 유지하고 있다. 내 벗이 멀리서 나를 찾아온다
면 일생의 영광이고 즐거움이다. 더욱이 마침 내 곁에 있는 친구
가 바로 그 벗이라면 그 행운은 말로 다할 수가 없다. 김살로메는
그런 친구를 많이 소개하고 있다.

흰 탱자꽃과 쟈스민 향이 번지는 마루에서 그녀의 이야기를 들
었다. 그녀가 읊는 말은 그대로 한 편의 시가 되고 한 소절의 노랫
가락이 되었다. 처음엔 화분에 돋는 잡초조차 귀히 보여 뽑기 힘
들었단다. 모종삽으로 흙만 뒤집어 놓았더니 다음날 다시 살아나
낭패스러웠다고 했다. 천성이 곱고 생명에 대한 애정으로 가득한
사람 특유의 여린 마음이 고스란히 전해졌다.(「봄날의 방명록」)

그런데 우리가 사는 세상은 그리 아름답거나 여리지 않은 것 같은데, 김살로메가 사는 세상은 다른가. 어쩌면 이렇게 예쁜 사람들만 살까. 잘 모르긴 하지만, 그이만 그런 세상에 따로 살지는 않을 것이다. 그이의 눈이 그런 사람만 보기 때문일 것이다. 벗들의 고운 모습만 찾아내고 바라보고 기억하는 사람, 그런 눈을 가진 김살로메에게 친구 역시 수필류의 소재로만 쓰일 수밖에 없다.

김살로메의 마음이 오래 머무는 곳은 문학이다. 그이는 사실 이 단상집의 전체 색깔을 문학으로 칠하고 싶어 했다. 나는 어떤 순간에 문학적 영감을 느끼는가. 나는 누구를 본받는 문학을 하고 싶은가. 내가 도달할 수 없는 경지는 누구의 어떤 점인가. 그이는 이런 것들을 매우 많이 들려주고 있다.

외국어 낱말로 시적 심상을 표현하는 게 얼마나 어려운가를 시인은 말하고 싶었겠지만, 나는 바람결처럼 자유자재로 언어를 다루는 그녀의 서정적 확신에 심장이 떨려 왔다. 추위를 견디며 시를 쓰던 쉼보르스카를 상상하느라 서툰 외국어 때문에 소통에 힘겨워하는 그녀는 뒷전일 정도였다.(「장갑 낀 시인」)

그녀의 문장은 지독히 건조하고 담담하다. 한데 지독히 건조하고 담담한 그 문장들이 독자에게 건너가면 바늘 끝 같고 손톱 같은 '콕콕 찌름'을 유발한다. 벌목장에서 베이는 나무처럼 무뚝뚝한 문장들이 툭툭 넘어졌을 뿐인데, 그것을 목도한 독자는 손댈 수 없을 만큼 아린 통증을 품어야 한다.(「검은 다이아몬드 문체」)

김살로메는 문학 앞에 서면 그 매혹에 눈이 먼다. 그이가 문학하는 괴로움이나 그로 인한 불면을 호소하고 있더라도, 그것은 상대를 아플 만큼 사랑한다는 엄살이다. 그이의 인간적 가치를 높여주기 위해 문학처럼 유효한 것이 있었던가. 그이가 읽은 많은 작품들과 낯선 언어들도 문학을 위해서만 의미 있는 것이다. 그래서 김살로메는 문학을 소재로 해서는 고백적인 글밖에 쓸 수가 없다.

김살로메의 단상에 새큼새큼한 풍자나 입꼬리가 뒤틀리는 위트가 잘 보이지 않는 이유는 이것이다. 그이는 이 글들 속에 자기가 사랑하는 것을 너무 많이 담아 두었다. 모든 존재와 사실들이 그 사랑하는 것들을 향해 수렴되는 세계. 거기서 쓰인 글은 아무래도 고백적이 될 수밖에 없다.

5. 투명한

처음 이 글들을 읽고 든 생각이, '참 투명하다.'였다. 평문을 쓰려고 몇 번을 읽으면서, 작품의 여백에 메모한 것을 정리하니, '투명한 사람이 쓴 투명한 글'이다.

이 단상들에는 지은이의 소망이 투명하게 드러난다. 막 소리 내어 욕구하지는 못하지만 그이는 분명히 남다른 감각과 체험을 가진 여성이 되고 싶어 한다. 그이의 정서는 프랑스 어디 오래된 도시의 오래된 공원을 걷고 있다. 지은이는 좋은 글을 쓰고 싶어 한다. 자기 내면에서 오는 고백은 세계와의 충돌을 인식하지만 조화로운 공존을 시도한다. 이 단상집은 그런 소망을 보여주는 쨍한 유리창이다.

요청에 의해 그랬겠지만, 이제 김살로메의 글이 허리띠를 풀었으면 좋겠다. 이번 단상집만으로는 그이가 저장한 모든 생각과 이야기를 다 풀어놓지 못했다. 풀어 놓으면 그이는 아마 자신의 소망과 성취를 관조한 이야기를 할 것이다. 강한 소망에 관조가 더해지면 그이가 하려던 이야기가 거의 다 나올 것이다. 분량과 간격부터 일단 자유로워져야겠다. 그게 김살로메다.

김살로메의 다음 산문은 아무래도 좀 더 몰랑해질 가능성이 높다. 먹은 밥이 문학이 되는 동안, 원래의 쌀알과 곡식과 된장은 두드러진 자기 냄새를 버린다. 독서록과 견문록과 사색록에 나오던 선배들의 이름과 생각도 모서리를 깎고 냄새를 지운 뒤, 김살로메의 향기로 우리에게 소개될 것이다.

지성이 날카로운 것은 배우에게 독배이다. 그래서 어떤 배우는 일부러 헛발질도 한다. 그것은 그의 지성으로 재치 있게 가공되어 우리를 웃게 한다. 다음 산문에서는 김살로메의 지성이 우리의 얼굴에 미소를 줄 것이니, 우리는 기다려야 한다. 게다가 어쩌면, 눈만 밝으면, 우리도 그이의 단점을 슬쩍 만져볼 수 있을지도 모른다.

미스 마플이 울던 새벽

발행일 · 2018년 5월 15일
펴낸이 · 김재범
펴낸곳 · (주)아시아
지은이 · 김살로메
편집 · 김형욱
관리 · 강초민 홍희표
출판등록 · 2006년 1월 27일 제406-2006-000004호
인쇄·제본 · AP프린팅
종이 · 한솔 PNS

전화 · 02-821-5055
팩스 · 02-821-5057
주소 · 경기도 파주시 회동길 445(서울 사무소: 서울시 동작구 서달로 161-1 3층)
이메일 · bookasia@hanmail.net
홈페이지 · www.bookasia.org
페이스북 · www.facebook.com/asiapublishers

ISBN · 979-11-5662-362-5 03800

이 도서의 국립중앙도서관 출판도서목록(CIP)은 서지정보유통지원시스템 홈페이지(http://seoji.nl.go.kr)와
국가자료공동목록시스템(http://www.nl.go.kr/kolisner)에서 이용하실 수 있습니다.
(CIP제어번호: CIP2016027650)